婚約者を奪われた伯爵令嬢、そろそろ好きに生きてみようと思います

矢野りと

Rito Yano

JN229684

RB

レジーナ文庫

登場人物紹介
エリック・サルーサ
有名なサルーサ商会の長男。メアリーよりも一歳年上で、学園の三年生。生徒会副会長を務め、『最優秀生徒』に三年間選ばれている。剛と柔を上手く使い分け、人望も厚い。家族思いで、自分の考えをしっかりと持っている。
メアリー・スパンシー
スパンシー伯爵家の次女。多くの貴族が通う学園の二年生。幼い頃から良い子を演じ、自分の気持ちを押し殺して生きてきた。姉の婚約破棄をきっかけに、家族や婚約者との間に距離ができてしまって——!?

アトナ
この国の第三王子で、学園の三年生。文武両道で、生徒会長を務めている。エリックの親友。
カイト・スパンシー
メアリーの弟。無邪気で素直な性格。天使のように可愛らしい顔立ち。
カサンドラ・スパンシー
メアリーの姉で、学園の三年生。『社交界の華』と言われるほどの美貌の持ち主で、それゆえに甘やかされ自己中心的な性格になった。第二王子から婚約破棄されてしまう。
ギルバート・マドール
マドール伯爵家の長男。メアリーの婚約者で、学園の三年生。真面目な性格だが周りに流されやすい。カサンドラの婚約破棄後、ナイト役を務める。

目次

婚約者を奪われた伯爵令嬢、
そろそろ好きに生きてみようと思います

プロローグ

美味《おい》しそうな料理、素敵な装飾、聴き応えのある生演奏。どれをとっても素晴らしい夜会で、参加者はみな楽しんでいる。

しかし、私――メアリー・スパンシーだけは違った。

まるで人目《ひとめ》を避けるかのように、会場の隅《すみ》のほうでひとりひっそりと佇《たたず》んでいる。

この夜会でひと際、注目を集めているのは私の姉――カサンドラ・スパンシー。

姉は社交界の華と持て囃《はや》されるほど美しく、三ヶ月前までこの国の第二王子――サマオ殿下の婚約者でもあった。

でも、今は元婚約者だ。サマオ殿下は、別の令嬢と真実の愛に目覚め、姉との婚約の解消を願い出た。王家に異論を唱えるわけにはいかず、そのまま婚約解消となったのだった。

貴族社会では人の不幸は格好の話題。本来なら『第二王子に捨てられた令嬢』と聞こえるように囁《ささや》かれてもおかしくない。

だがこの夜会で、そんなことを言う者は誰もいなかった。

なぜならそれ以上の話題が目の前にあったからだ。

今、姉の手を取って優雅《ゆうが》に踊っている相手は、私の婚約者——ギルバート・マドール様だ。彼は婚約者である私ではなく、姉をエスコートし、楽しそうに踊り始めた。

以前からの彼らの親密な振る舞いもあって、まるで婚約者同士のようだと囁《ささや》く声が聞こえてくる。

美しい姉と精悍《せいかん》な彼が優雅《ゆうが》に踊る姿は、まるで一枚の絵のように美しい。

「まあ素敵なカップルね、お似合いだわ」

「美しいだけでなく息もぴったりだな、素晴らしい」

そう言って、人々は彼らを口々に褒め称えている。

そしてそのあと、口には出さないが、きっと彼らはこう思っているのだろう。

婚約者に見向きもされない可哀想《かわいそう》な妹が、あそこにいると……

悪意ある噂《うわさ》は、不思議と耳に入るものだ。婚約者が美しい姉に夢中になっている可哀《かわい》想《そう》な妹だと私は言われているらしい。

私の家族もギルバート様も、当然この噂《うわさ》は承知しているだろう。

それでも現状を改善しようとはせず、あと少ししたらすべて上手《うま》くいって、元に戻るから大丈夫とみな笑っている。

なぜ笑えるの……

元に戻る？　それは離れていく気持ちや傷ついた心もですか……

本当に以前と同じに戻れると思っているの？

……私の心の叫びは誰にも届かない。

そして、それは誰も知ろうともしないのだ。

いつの間にか曲が終わり、私は現実に引き戻される。

姉とギルバート様が、私たち家族のいるところに戻ってきた。

頬《ほほ》を薔薇色《ばらいろ》に染め無邪気《むじゃき》にはしゃぐ姉と、姉に優しい眼差《まなざ》しを向けるギルバート様。

二人の口から、婚約者である私よりも先に踊ったことを謝る言葉は出ない。

「ギルバート様が上手《じょうず》にリードしてくださるから、すごく楽しく踊れたわ。それに周りの人たちも口々に褒めてくれて気持ち良かったのよ。ギルバート様、ちょっと休憩したらまた一緒に踊ってくださいませんか？」

姉は私の存在を気にすることなく、甘えた声で私の婚約者にお願いをする。

「いや、でもメアリーが許してくれれば……」

彼はそう言いながら、少し困ったような顔をして私のほうを見る。

……狡《ずる》い言い方だ。ここで許さなかったら、私が悪者になるのは目に見えているのに。

兄だけは苦笑いしながら、姉を止めようとする。

「カサンドラ、ギルはメアリーの婚約者なんだ。まあ、今回は婚約解消の話題を消すために仕方がないとはいえ、ギルを独占してはいけないよ。ほら会場にいる男は全員お前の美しさに夢中になっている。次は他の男と踊ってみてはどうだ？」

「まだ婚約解消したばかりだから、他の人と踊って変に噂《うわさ》されては嫌なの。その点ギルバート様は未来の義弟《ぎてい》だから親族みたいなものでしょう。私の評判に傷がつかないわ。ねえ、メアリーだめかしら？　あと一回だけいいでしょう？」

姉はちょっと悲しそうな顔をして、私のほうを見る。

これがいつものパターン。

このあとは父と母からの援護射撃《えんごしゃげき》が絶対に入る。

「カサンドラは踊りが好きだからな。メアリー、お前はすでに婚約者がちゃんといて、幸せな未来も約束されているんだ。今回は辛《つら》い思いをしている姉を優先させてあげるのはどうだい？　待っている間は、私と踊っていよう」

「そうね。今日はギルバートと踊れなくても、結婚したら好きなだけ踊れるわ。もう一曲カサンドラに踊らせてあげて構わないわよね？　今、踊る気分でないのなら、メアリーはお母様と一緒に美味《おい》しいお菓子でも食べていましょうよ」

優しい口調で尋ねるけれど、両親が求める答えは肯だけで、私にとっては命令と同じだ。

……またなのね。

優先するのはいつも私以外。

諦めることは慣れている。

だから私はいつものように微笑《ほほえ》みながら姉に言う。

「構いませんわ、お姉様。私は美味《おい》しいお菓子を食べようと思っていたので、ちょうど良かったです。大丈夫ですから、お気になさらずに二人で踊ってください」

「あら、本当にタイミングが良かったのね。メアリー、ゆっくりお菓子を食べて大丈夫よ。さあ、ギルバート様行きましょう」

姉は彼の右腕に自分の手を絡ませ連れていこうとし、彼もそれを拒む様子は見せない。

「ああ、分かった。メアリー、すぐに戻るから待っていてくれ。次こそ一緒に踊ろう」

「私のことはお気になさらずに、二人で楽しんでくださいね」

私は礼儀としてそう言ったが、きっと彼らは私のことなんて気にもしないだろう。

その証拠に、私の最後の言葉を聞かないうちに二人は踊りの輪に加わる。

それに続くように、一緒に踊ろうと言った父と、お菓子を食べようと言った母はお互いの手を取り、その踊りの輪に入っていく。

その後ろ姿に声をかけることができず、私はその場に取り残される。

「……メアリー、お前のような優しい妹がいて俺は嬉しいよ」

そんな家族の様子を見て、兄だけは少しすまなそうな表情で、そう耳元で囁《ささや》いてくる。

私は優しいんじゃなくて、臆病なのよ。

こうしないと家族でいられないのでしょう。

家族はいつも私に『都合の良い子』でいることを期待する。

いつしかそれが家族のなかでの私の役割になっていた。

私は家族に嫌われたくなくて、認めてもらいたくて、今日も微笑《ほほえ》んで大丈夫なふりをする。

そして、いつまでも戻ってこない婚約者をひとりで待っているのだ。

第一章　孤独な令嬢

私が生まれたスパンシー伯爵家は、貴族社会のなかで理想的な家族と評されている。

両親は仲睦《なかむつ》まじく、子どもたちに深い愛情を注いでいる。

嫡男《ちゃくなん》である兄――ハワードを優秀な跡取りとして期待し、長女である姉――カサンドラがその美貌《びぼう》で第二王子の婚約者となったことにとても喜んだ。さらに、十歳になった年の離れた天真爛漫《てんしんらんまん》な弟――カイトのことが可愛くて仕方ないようで、特に甘やかしている。

そして、次女で平凡な私には何もなかった。

両親に愛されてはいるが、どんなときも彼らの一番にはなれなかった。

両親が期待するのは兄、優先するのは姉、手をかけるのは弟。

兄弟のなかで目立たない私が両親から注目されるのは、いつも誰かのついでや時間のあるときだけ。

幼い頃はそんな状況が辛《つら》くて、なんとか自分のことを見てもらおうと泣いて縋《すが》ってみることがあった。

『お父様、お母様、私のことを見て！　ほらこんなことができるようになったの。侍女もすごいって言ってくれたのよ』

『ごめんね。メアリー、今は時間がないの。あとにしてちょうだい』

『いやよ、だってお姉様のことは見ているでしょ？　それなら私も見て――』

『メアリー、あとで必ず見るわ。だから我儘《わがまま》を言わずに待っていてちょうだい』

『……うん、きっとね』

困った表情を浮かべた両親が言う台詞《せりふ》はいつも同じだった。

けれど、「あとで必ず」はどんなに待っても大抵こなかった。

少し大きくなると、私が聞き分けの良い子であるときは、両親が満足そうに笑顔を見せてくれることに気づいた。

……お父様とお母様はこれが嬉しいのかな。

それからは少しでも私を見てほしくて、我儘《わがまま》を言わないようにした。そうすると両親は喜び、『家族の仲が良くていいわ』と朗《ほが》らかに笑ってくれた。

いつしか私は両親から嫌われてしまうのが怖くて、子どもらしい我儘《わがまま》を言えなくなった。

いつでも微笑《ほほえ》んで聞き分けの良い子を演じるようになっていった。

これで家族のなかに私の居場所ができたかな。

少し辛《つら》いけれど、理想の家族の一員になれていることが嬉しかった。

私は両親や兄弟を愛しているし、彼らからも愛されていると思う。

だからこのままで平気だと思っていた。

しかしそうではなかった。突然、平気でなくなってしまったのだ。

それは三ヶ月前に起きた姉の婚約解消が始まりだった。


三ヶ月前。

ガッチャーン！

いきなり姉が手を振り払い、テーブル上の花瓶を落とす。派手な音を立てそれは砕け散ったが、姉は気にしない。

「嫌よ、嫌……なんでなの？　いきなり婚約解消なんて、嘘よね？　私、サマオ殿下から何も聞いていないわ。ずっと殿下と仲睦《なかむつ》まじくやっていたのに信じられません！　きっと何かの間違いだわ。そうよ、きっとそうに決まっています。お父様、陛下にもう一度確認してください！」

父からサマオ殿下との婚約解消の件を告げられた姉は、涙を流しながら必死に間違いだと訴えている。

だが父は苦悶《くもん》に満ちた表情で首を横に振り、姉に諭《さと》すように話す。

「サマオ殿下は真実の愛を見つけたようだ。すでに陛下もこのことを認めている。一方的な婚約解消とはいえ、王家の決断を臣下である伯爵家が拒否することは許されない。カサンドラ、辛《つら》いだろうが耐えてくれ」

姉の悲痛な泣き声が家族の集まる部屋に響く。

「カサンドラ、可哀想《かわいそう》に。あんまりではないですか！　今まで問題なく妃教育を受けていたこの子に、こんな酷《ひど》い仕打ちをするなんて。勝手なのは殿下なのに、噂《うわさ》され傷つくのはカサンドラです」

母は姉の背中を優しく擦《さす》りながら、殿下の行動を非難する。

その気持ちは痛いほど私にも分かる。婚約解消はどんな理由があれ、不利になるのは女性側だ。

「父上、このままではカサンドラが辛《つら》い思いをするでしょう。なんとかなりませんか？」

心配する兄の言葉に父も強く頷《うなず》く。

「ああ、早急《さっきゅう》に然るべき婚約者を見つけて、殿下との婚約解消に関する悪意のある噂《うわさ》が広まらないようにしよう。カサンドラ、殿下を忘れるくらい良い相手を探すから安心しなさい」

父の言葉に頷《うなず》きながら、母も続けて姉を慰《なぐさ》める。

「お父様にお任せなさい。大丈夫、きっと素敵な方が見つかるわ」

婚約解消されたとはいえ、我が家は伯爵位を賜る貴族だ。

そして姉は社交界の華と言われるくらいの美貌《びぼう》の持ち主のうえ、可愛げがある性格なので、きっと良い相手は見つかるだろう。

これで姉が少しは落ちつきを取り戻すと家族みんなが思ったが、そうではなかった。

「で、でも婚約する相手がすぐに見つかるわけではないわ。そうでしょう？　それに婚約するとなると段取りに時間がかかるわ。その間好奇の目に晒《さら》されて、捨てられた令嬢と悪意に満ちた噂《うわさ》をされるのよ。……私、きっと耐えられないわ。もう、死んでしまいたい」

姉の泣きながらの訴えに家族は黙ってしまった。

姉が言ったことは、間違いでも大袈裟《おおげさ》でもない。

貴族社会は優しくない。噂《うわさ》によって人を平気で傷つけ相手を蹴落とすところだ。

だから誰も姉に大丈夫だとは言えなかった。

もちろん家族が全力で守るが、学園に行ったり夜会に出たりするとなると限度がある。

だからといって、姉に新しい婚約者ができるまで屋敷に閉じ籠っていたら、それこそ根も葉もない噂《うわさ》をばら撒《ま》かれるだろう。

「……そうですね。カサンドラを常に守れる者がいればいいんですが……。父上、遠縁でもいいので信頼できる年の近い男など、誰か適任な者はいませんか？」

兄は横目で取り乱している姉を見ながら父に尋ねる。

「うーん。学園に在学している親戚は思い当たらないな。信頼できて、悪意からカサンドラを守ってくれる人物か」

父はそう言って、頭を悩ませている。

そんな二人の様子を見て、私は私にできることをしたいと思い、姉の涙を拭って励ます。

「お姉様、私にできることがあればなんでも言ってください。どんなことだって力になります。それにきっとお父様がなんとかしてくれますから元気を出してください」

「メアリー、あなたはいつでも優しい子ね。自慢の妹だわ、大好きよ」

姉はそう言って、無邪気《むじゃき》に私に抱きつく。

「そうだ、いるではないか！」

突然、父が大きな声を上げて話し出す。

「ギルバートはどうだろう？　彼はメアリーの婚約者で、カサンドラにとって将来の義《ぎ》弟《てい》だから、つまり親戚だ。カサンドラと同学年だから学園でもいつも近くにいられる。きっと周囲の悪意から守ってくれるだろう。早速マドール伯爵家に相談してみよう」

えっ、私の婚約者を⁉

それはいくらなんでも……あり得ないわ。

父は名案だと言わんばかりだが、妹の婚約者を護衛のように使うなんてどう考えても非常識だろう。

「父上、それは乱暴すぎませんか。ギルはまだメアリーの婚約者の身です。カサンドラを守るためとはいえ、二人が始終一緒にいれば新たな噂《うわさ》が出てしまい、よくありませんよ」

冷静な兄が父の暴走を止めようとする。

しかし一方で母は、父の意見に同調する。

「でも親戚に頼めるような人はいないのでしょう？　カサンドラが傷つくことが分かっていて、何もしないでいるよりはギルバートにお願いしてみるほうがいいでしょう」

そう話す母の目には、可哀想《かわいそう》な姉しか映っていない。

「カサンドラとギルバートが節度ある態度でいれば問題はないわ。それに、新しい婚約者が決まれば、きっとそんなつまらない噂《うわさ》はすぐに消えるから大丈夫よ。カサンドラは、ギルバートに守ってもらうのは嫌かしら？　妹の婚約者だから抵抗がある？」

母はまだ何も決まっていないのに、目の前にいる私を無視して、姉に尋ねる。

「彼なら私は大丈夫よ、ぜひお願いしてちょうだい。人柄をよく知っているし、近くで守ってくれるなら心強いわ。それならきっと頑張って学園に通えるし、婚約解消を気にしていないって気丈にも振る舞えるわ」

母の問いかけに、私のことを気にする様子もないまま姉は力強くそう答えた。

「そうか、そうか。では決まりだな。メアリーがギルバートと過ごす時間は少しだけ減るが、傷ついているカサンドラのためだ。いいだろう？」

私が呆然《ぼうぜん》として、話の流れについていけずに黙っていると、勝手にそう決まってしまった。

父が私に聞いてきたが、今さらだ。

もしも私が嫌だと言ったら、やめてくれるの？

そう心のなかで呟《つぶや》く。

私に求められている返事は分かっていたが、流石《さすが》に今回は納得できず何も言わない。

これは良い子を演じ続ける私なりの抵抗でもあった。

兄だけは眉《まゆ》を顰《ひそ》めているので、母たちに賛成していないのは分かるが、姉が婚約解消でショックを受けているため強く言うのを躊躇《ちゅうちょ》しているようだ。

そのとき私が黙ったままでいることに痺《しび》れを切らしたのか、カイトが口を開《ひら》く。

「メアリー姉様は優しいから許してくれるよ」

そして、その言葉をまるで私の了承のように家族は都合良く受け取る。

「そうだな、メアリーは本当にいい子だ」

「流石《さすが》メアリーだわ、優しくて姉思いで自慢の娘ね」

「ありがとう。少しの間だけあなたの婚約者を貸してもらうわね」

黙ったままの私に、両親と姉は口々にお礼の言葉を言う。

「……大丈夫か。その、辛《つら》かったら言ってくれ」

兄さえも少し間を置いてから私に近づき、小さな声でそう言った。

姉を守る方法が見つかったと喜ぶ家族は、私が了承していないことなど気づいてはいないようだ。

またいつものように、私が我慢すればすべて上手《うま》くいくのね。

もう反対する気力もない。

でも、こんな非常識なお願いはきっとギルバート様が断ってくれるわ。

口には出さなかったけれど、そう願う。

そのあと善は急げと、父は一晩かけて長い手紙をしたため、翌朝にはマドール伯爵家に送った。

その内容は、可哀想《かわいそう》なカサンドラを守るためにどうか力を貸してほしいという懇願だった。

その翌日に、マドール伯爵家から快諾の返事が送られてきた。

私の淡い期待は、一瞬で消え去ってしまった。

そしてこの日から私を取り巻く状況は一変した。

ギルバート様が姉から片時も離れない姿を学園内で見かけることになる。

私が通っている学園は王都にあり、十六歳から十八歳の生徒が三学年に分かれて千人ほど在籍している。

長い歴史を持ち、代々王族も通っているので、誰もがこの学園に憧れ通うことを望んでいる。学ぶ内容が礼儀作法、教養など貴族に必要な知識に力が入れられていることもあり、入学の条件に身分は必要ないが、生徒のほとんどは貴族で占められている。

それに学費の問題がある。学費が高く、平民が負担するのはかなり難しいため、大部分の平民の子どもは入学を諦めることになる。

そんななか少数だが平民の生徒はいる。そのほとんどは裕福《ゆうふく》な商人の子どもだが、例外もいる。それは優秀さが認められた最優秀生徒と呼ばれている生徒たちだ。

最優秀生徒とは、優秀な成績と模範的行動が学園によって認められた生徒のことだ。毎年行われるその審査は非常に厳しく、実際になれるのは数名のみ、場合によっては該当生徒なしの年もあるくらいだ。だからこそ、身分に関係なく、誰もが選ばれる名誉を望んでやまないのである。

そんな学園で、あの日以来ギルバート様は、我が家からの依頼を忠実に守ってくれていた。

彼は、休み時間や放課後など、授業以外のすべての時間を姉のために使っている。今までは月に一回ほど、私とお昼ご飯を食べる約束をしていたがそれも断られた。

その成果もあり、表立って捨てられた令嬢という視線を姉に向ける者はほとんどいなかった。

姉も全《まった》く気にしてないように明るく振る舞っているので、面と向かって婚約解消の話を出す生徒もいない。

まさに家族が望んだ通りの結果である。

けれども二人の親密すぎる行動は、『妹の婚約者に恋情《れんじょう》を寄せられている姉』と『婚約者の姉に惹かれている男』と学園内で認識されつつあった。

やはりそう思われても仕方がない。こうなることは最初から分かり切っていた。

ギルバート様は姉を守るというには距離が近すぎるし、姉も節度ある態度を超え馴れ馴れしく接しすぎている。

まさに傍《はた》から見たら恋人ともいえる行動で、何も事情を知らない人が二人のことを誤解するのは当然の結果だった。

事情を知っている私でさえも、彼らの態度に守るため以上の何かを感じてしまうほど。

そんな彼らの様子を私の友人たちは心配し、二人を諫《いさ》めたらどうかと口々に言う。

「メアリー、こう言ってはなんだけれど、カサンドラ様とあなたの婚約者はちょっと非常識ではないかしら。カサンドラ様が、婚約解消でいろいろと大変なのは察しますが、それにしてもあの態度は……」

「そうよ、メアリー。こんな仕打ちを受けて、あなたが我慢する必要なんてないわ。ちゃんとお二人に注意したほうがいいわよ」

「……みんな、心配してくれてありがとう」

友人の存在は本当にありがたかった。

さらにあの二人の態度を常識はずれだと思うのは、自分だけではないと分かってホッとする。

それでも私には、二人に注意をする勇気など持てなかった。

思っていることを二人に告げたら、家族が私をどんなふうに考えるか目に見えている。

良い顔はされないはずだ。それどころか、私が責められることになるだろう。

そう分かっていたから、私は友人たちにお礼を言ったあとは曖昧《あいまい》に笑って誤魔化《ごまか》す。

「『善は急げよ、頑張ってメアリー！』」

私の事情を知らない友人たちは、そう言って力強く背中を押してくる。

彼女たちは私のことを心から思ってくれている。だからこそ行かないと言える雰囲気ではなく、私は姉に会いに行くしかなかった。

自分から姉たちに注意するつもりはなかったけれど、会いに行ったという事実を作るために姉の教室に足を運ぶ。

しかし、姉は教室にいない。昼食《ちゅうしょく》を食べている生徒に姉の所在を尋ねると「ギルバート様と一緒に中庭に向かった」と教えてくれた。

急いで中庭に行くと、そこには想像した通り仲睦《なかむつ》まじく昼食《ちゅうしょく》を食べている二人がいた。

そんな二人の邪魔になると思うと気まずくなり、声をかけるのを躊躇《ちゅうちょ》してしまう。

　すると、私に気づいた姉が嬉しそうに声をかけてきた。

「あら、メアリー。あなたも天気が良いから中庭にご飯を食べに来たの？」

「いいえ、違います。ちょっと通っただけで」

　この中庭は、外で昼食《ちゅうしょく》を食べる生徒しか来ない。

　自分でも不自然な返事だと思ったけれど、姉は気にしなかった。きっと私の言葉なんて、ちゃんと聞いていないのだろう。

「ほらメアリーも座って！　あなたの婚約者であるギルバート様がいるんだから、話したいことだってあるでしょう。遠慮しないで、さぁどうぞ」

　そう言って姉は私のために詰めて座り、私が座る場所を作ってくれる。

　だが空《あ》いた場所は、ギルバート様の隣ではなく姉の隣だった。

　彼の横には、当然のように姉が座り、空《あ》いているところをポンポンと軽く叩きながら微笑《ほほえ》んでいる。

　この場合、婚約者である私に真ん中の席を空《あ》けるのが普通だが、姉はそんなことは考えもしないらしい。

　ギルバート様も何も言ってこない。

「……ありがとう、お姉様」

私はそう言って、その端《はし》の席に座った。

そして、私の隣で姉とギルバート様の楽しげな会話が始まる。

婚約者と話したいことがあるでしょうと言っておきながら、姉は私に話す間《ま》を与えてはくれない。二人の会話は同学年にしか分からない話題ばかりで、学年が違う私は会話に加わることが難しい。

それでもこの空気を壊すわけにはいかないと思い、微笑《ほほえ》みながら頷《うなず》いて楽しげなふりをする。

……もういいわよね、だいぶ時間が経ったわ。

姉に言ってきたわって顔をして、友人の元に戻ろうと考える。

そう思って腰を上げようとすると、姉が私のほうを見て話しかけてきた。

「そう言えば最近、おかしな噂《うわさ》を聞いたのよ。私とギルバートの距離が近すぎるって言うの。彼はメアリーの大切な婚約者であって、私の未来の義弟《ぎてい》なのだから、距離が近いのは当たり前なのに……」

まるで自分は被害者だというように、姉は悲しげな表情を浮かべる。

それからすぐに悲しげな表情を消し去り、続けて強めの口調で訴える。

「私がいろいろと大変だから守ってくれているだけなのに、そんな失礼な見方をする人がいるなんて信じられないわ。私にだって、メアリーにだって失礼な話よ！　メアリーもそう思うでしょう？」

「えっ、ええ……」

姉は悪びれた様子もなく、ギルバート様と距離が近いのは当たり前だと言う。

そして当然のように私も姉の意見に賛成するはずだと思っている。

だが、私は姉の言葉に頷《うなず》くことはできなかった。

どうして姉はそんなふうに思えるのだろう。

賛成なんてできないわ。

私の気持ちなんて全然分かっていない、私の立場になって考えようともしてくれない。

……ギルバート様は、一体どう考えているのだろう？

彼とは幼い頃から、婚約者としてお互い尊重《そんちょう》し合う関係を築いてきたと思っている。

夫となる彼は私の気持ちに寄り添ってくれるかもと微《かす》かな望みを抱《いだ》く。

そもそも彼は、姉の護衛をやめたがっているかもしれない。

噂《うわさ》になっているのだから、彼だっていい気分ではないはずだ。

きっと、婚約者である私のことだって気にかかっているだろう。

彼から「護衛をやめたい」と姉に言ってほしい。

だが、姉の隣に座っている彼の口が開《ひら》くことはない。

それは彼も姉の意見に同意しているからだろうか。それとも自分からは言い出しづらいのか。

彼の表情からは何も分からない。

黙ったままの彼に、少し勇気を出して私は話しかける。

「ギルバート様は大丈夫ですか？　噂《うわさ》で嫌な思いをしていませんか？」

彼のことを心配している言葉を使って、さり気なく本心を聞こうとする。

彼は私の置かれている立場を考えたうえで返事をしてくれるはずだと思いながら言葉を待つ。

しかしギルバート様が口を開《ひら》くより先に、姉が笑い出した。

「メアリーったら何を言っているの。私が悪意ある視線や噂《うわさ》に晒《さら》されないようにギルバート様は守ってくれているだけよ。それは彼が一番よく分かっているわ。だから私も彼も、つまらない噂《うわさ》に惑《まど》わされるわけがないでしょう」

姉にとっては、つまらない噂《うわさ》なのだろう。

でも、私とギルバート様にとっては違う。

そう思いながらも、話し続ける姉に耳を傾ける。

「一部の人は誤解しているようだけれど、構わないわ。私に新しい婚約者ができたら、すぐにこんなくだらない勘違いはなくなるもの。何より、メアリーとギルバート様が仲《なか》睦《むつ》まじく過ごしていたら、誰も邪推《じゃすい》しなくなる。だから、もっとメアリーがギルバート様との時間を取る努力をしたほうがいいんじゃないかしら。メアリーったら本当に困った子ね、変なことを言い出して」

姉は笑いながら、そう言う。

私が噂《うわさ》で嫌な思いをしているなんて、ちっとも考えていないようだ。

だから構わないと平気で言えるのだろう。

そもそも姉は、自分のことしか考えていなかった。

私とギルバート様との時間を、姉自身が奪っていることにすら考えが及んでいない。

きっと婚約解消されたことで姉は傷つき、冷静な判断ができないのだろう。

そう思い私は縋《すが》るように、黙ったままのギルバート様を見る。

彼は、困ったような表情を浮かべていた。

あっ、この表情は……

昔、聞き分けの良い子になる前の私に、両親がよく見せていた表情と同じものだった。

「ねえメアリー。そもそも私とカサンドラは、同学年の学友だから近しい存在なんだ。

特別に仲が良いというわけではなく、友人として守っているだけだよ。噂《うわさ》なんて暇な奴らが言っていることだ。カサンドラが言っていた通り、そんな些細《ささい》なことは気にしないよ。気にしすぎるのは愚かなことだ」

彼はそう言うと、私から視線を逸《そ》らす。

そしてその視線の先には、彼の言葉に笑みを浮かべて頷《うなず》いている姉がいた。

「だから心配してくれるのはありがたいけど、その……メアリーの言うような心配は必要ないかな。それにそんなに心配してくれるなら、つまらない噂《うわさ》が出ないように、君自身でやるべきことがもっとあると思うよ」

突き放すような口調でギルバート様は、私に告げる。

私は彼の言葉が信じられなかった。

……あれが、ただの友人との距離だと言うのね。

もし姉が男性なら、あの距離感でも何も言われず、友人と言っても通じるだろう。

でもギルバート様は婚約者のいる子息《しそく》で、姉は婚約者のいない令嬢だ。

その二人があんな態度をとっていて友人と言い張っても、周りの人々は理解しないだろう。

まだ学生の身だからと言って許される範囲をとうに超えているのに、それすら二人は分かっていない。

さらに悪意ある噂《うわさ》から姉を守るために行動しているギルバート様が、噂《うわさ》を気にしすぎるな、と言うのは矛盾している。

彼も私の家族と同じで、姉の味方になってしまっていた。

……以前の彼は違ったのに。

私の淡い期待は無残《むざん》に消えていく。

彼らの言葉に、私は頷《うなず》くことしかできなかった。

これ以上、彼らの勝手な言い分を聞きたくなくて、再び去ろうとする。

「変なことを聞いてしまってごめんなさい。ギルバート様の言う通り、私がもっと自分の行動に気をつけるようにするわ。友人たちと一緒に復習をする約束をしているので、そろそろ教室に戻ります」

そう言って立ち上がった私に、姉はさらなる追い打ちをかける。

「もし、もしもだけれど、この噂《うわさ》でメアリーが苦しんでいるのなら、私の本意ではないわ。ひとりでこの辛《つら》い状況に耐えられるか分からないけど、……ギルバート様にはナイト役をお断りするわ。可愛い妹のために、姉である私が耐えるのは当たり前ですもの。メアリー、それでいいかしら？」

目に涙を溜めながら、身を引こうとする健気《けなげ》な姉の言葉に嘘はない。

……お姉様はいつもそう。

周りの人にどんな影響を及ぼすか考えないで、安易に思ったことを口にする。

その無自覚《むじかく》な行為が、さらに私を追い込むことをちっとも分かっていない。

涙を零《こぼ》す姉に、ギルバート様はハンカチを渡し、厳しい表情で私に話しかける。

「メアリー。これは君も了承していたことだろう？　それなのに今さら傷ついている姉を見捨てるような真似をするのかい？　それは優しい君らしくないよ、私の婚約者はもっと優しいはずだ。周りに流されて判断を誤ってはいけないよ」

……虚《むな》しかった。

姉は勝手に悲劇のヒロインになり、ギルバート様は言ってもいないことで私を責める。

もっと優しい？　それはもっと都合が良いということですか。

流されているのはギルバート様のほうで、判断を間違えているのはお二人ではないでしょうか。

同じ言語を話しているのに、彼らには私の話は通じない。

私の婚約者であるなら、姉より私を一番に見てくれるだろうという淡い期待は粉々に砕け散る。

これからともに歩んでいく彼も、姉が絡むと結局は両親と同じになった。

最初から彼に期待なんてしなければ良かった。

何も望まなければ傷つかずにすんだのに。

所詮《しょせん》、私は誰の一番にもなれないのね……

もう私のなかには、彼に縋《すが》る勇気はひと欠片《かけら》も残っていなかった。

だからいつものように良い子の仮面を被り、望まれている態度を演じることにした。

「お姉様、ギルバート様。私はお姉様にそんな酷《ひど》いことを望んではいません。私の言葉が足りなかったから、そんなふうに誤解をさせてしまったんですね。本当に申し訳ありませんでした。ギルバート様、これからも大切な姉をどうかよろしくお願いします」

私はちゃんと微笑《ほほえ》んで、謝罪した。

これが、彼らが求める優しいメアリーだろう。

「いいのよ、メアリー。あなたに悪気《わるぎ》がないのはちゃんと分かっているから。気にしないでちょうだい」

「いいんだ、誰だって間違えることはあるだろう。私も少しばかり口調がきつくなってしまい、すまない。だがメアリー、君のことを思っての言葉だったんだ」

そう言って二人は寛大な心で、なんの非もないはずの私を許してくれる。

もちろん彼らがそのことに疑問を持つことはない。

私は急いでいるふりをして、すぐにその場をあとにした。

何事もなかったかのように楽しげに話し始める二人の声が耳に入ってきたけれど、一度たりとも振り返りはしなかった。

このやり取りがあったあとも、彼らの態度は全《まった》く変わらず、学園内で楽しげに二人で過ごしている。

そのうえ、休日も気晴らしをしたいという姉の要望を受け、彼は姉と一緒に様々なところに出かけるようになっていた。

私のことを思い出したときは誘ってくれたが、それは姉と出かけるついででしかない。

いつしかギルバート様は姉と一緒にいることが当たり前となった。

家族も元気を取り戻した姉に喜ぶだけで、私のことを考えてくれる人は誰もいなかった。

私は本当の気持ちを隠して、喜んでいる妹を演じ続ける。言いたいことを心の奥にしまい込み、平気なふりをする。

だって、理想の家族の一員でいるためには、必要でしょう？

家族でいられなくなってしまうのが私は怖かった。

平気なふりをすることは慣れているはずなのに、今は苦しくて仕方がない。

姉に新しい婚約者が決まる気配はまだなく、この状況に終わりが見えないことが何よりも辛《つら》かった。

静かな夜に部屋にひとりでいると、思い出したくもない幼かった頃の自分が頭に浮かんでくる。

必死になって考えないようにしても無駄だった。

楽しいこともあったはずなのに、思い出すのは辛《つら》かったことばかり。

両親にとっては兄や姉や弟が主役で、私はいつも脇役にしかなれなかった。

笑顔の両親と兄や姉や弟のことを、一生懸命に笑いながら少し離れて見ていた。

自分なりに見つけた居場所で、理想の家族の一員になれたのだから幸せなんだと思っていた。

あのときは、まだ幼くて分からなかった。

でも今なら分かる。私は、可哀想《かわいそう》な子でしかなかった。

そして、今も変わっていない。

それどころか、もっと惨《みじ》めになっている。

私の心はどんどん家族やギルバート様から離れていくが、彼らはそんな些細《ささい》なことには気づかない。優秀な兄でもなく、美しい姉でもなく、天真爛漫《てんしんらんまん》な弟でもなく、私だからだ。

そう、彼らにとって私は気にもならない存在なのだろう。

……やっぱり私は、いらない真ん中のボタン。

以前なら平気でいられたのに、今は無理だった。

夜になると、ひとりで声を押し殺して、枕を濡らしながら眠りにつく。

そして、少し赤く腫れた目で朝を迎える。

泣いていたことを知られたくなくて、急いで水で冷やすけれど、すぐには元に戻らない。

朝の挨拶《あいさつ》をする私を見て、家族は私の目が赤くなっていることに気づく。

「あら、少し目が赤くなっているわ。メアリー、また遅くまで本でも読んでいたの？　夜更《よふ》かしは体に良くないから、夢中になりすぎないでね」

優しい口調で母はそう言い、私の体調を心配する。

「課題でもしていたのかな？　勉強も大切だが、ほどほどにしなさい」

その表情から父も私のことを案じていることが伝わってくる。

それに続けて、無邪気《むじゃき》に笑いながら姉は、私を揶揄《からか》ってくる。

「あら、そんな寝不足の顔をしていると、可愛い顔が台なしだわ。睡眠はちゃんと取るようにしないとね。素敵な婚約者に振られちゃっても知らないわよ」
姉の言葉を咎《とが》める人はいない。それはただの冗談で悪意のない言葉だから。
「ありがとう……気をつけるわ」
私は微笑《ほほえ》みながら、そう答える。
一見《いっけん》すると、思いやりに満ちた温かい家族の朝の会話。
でも、この会話には何かが欠けている。
ねえ、どうして誰も「どうしたの？　何かあったの？」と理由を聞かないの？
聞いてくれたら、本当のことを言えるかもしれないのに……
いつだって、そうだった。誰も私自身には何も聞かない。
それぞれが紡ぎたい言葉を、私に投げかけてくるだけ。
見たいものだけを見て、話したいことだけを話す。
完璧《かんぺき》で理想の家族。
そこに私の気持ちは、必要ないのだろう。
今日もまた、私のことを見ない日が始まる。
……きっと明日も、そして明後日《あさって》も続いていくのだろう。

第二章　小さな温もり

数週間後。学園では、以前とは明らかに違う視線を感じるようになった。

知りたくもないのに、その視線の意味を読み取ってしまう。

「婚約者に見向きもされなくて可哀想《かわいそう》に……」

「あんなに美しい姉がいたら、仕方がないのかしら……」

聞こえてもない声が心の隙間に入り込み、心を抉《えぐ》っていく。

もちろんすべての人が、そんな視線を向けてくるわけではない。

心配してくれる友人や、今まで通りに接してくれる人たちもいる。

それでも私は、どうしても悪い方に考えてしまう。

はぁ……、何も考えずにいたい。

何かをやっている間は嫌なことを忘れられるため、学園にいるときは自分ができることを積極的に引き受けるようにしていた。

ある日、仲の良い友人が頼み事をしてきた。

「メアリー、今日から一週間だけ、放課後の図書委員の仕事を代わってくれないかしら？　母の具合が悪くて、なるべく早く帰ってあげたいの。本来は先輩と二人でやるから、用事があるときは休んでもいいのだけど、その先輩も今週は来られないようなの。だから先生から、お互いに代理を立てるようにと言われてしまって……」

友人は申し訳なさそうな表情で、頭を下げる。

彼女の母の具合が悪いことは、以前から聞いていた。だから私で役に立てるなら、と引き受ける。

それに時間を潰すことができるのは、ありがたかった。

「もちろん構わないわ。お母様についてあげて。お大事にしてくださいと伝えてね」

「ありがとう、メアリー！　本当に助かるわ」

彼女は笑みを浮かべながらそう言って、私は一週間だけ図書委員の代理をすることになった。

彼女から任された仕事は、放課後の三時から六時まで図書室で本の整理をするという簡単なものだった。担当時間を分け、前半が私で、後半がもうひとりの代理らしい。

静かな図書室では、必要最低限の会話しかなく、人もそう多くないので視線も気にならない。

今の私には、うってつけの場所だった。

図書室で過ごす放課後は、思っていた以上に居心地が良くて煩《わずら》わしいことを考えずにいられる。

私は黙々と作業を進めた。

毎回、返却された本を正しく棚に戻したり修繕したりする。そして帰る前に、どこまで仕事を終えたのか次の人に分かるように日誌を書く。名前の欄は、代理なので友人の名を記した。

単純な作業だが、積み上げられた本があるべき場所に収まっていくのは気持ちがよく、成果が形として目に見えるのもなんだか嬉しかった。

もうひとりの代理は、とても忙しい人のようで、その人は先生に許可を貰い毎回三十分遅れてくることになっているようだ。だからその人と顔を合わせることはない。

私は真面目《まじめ》な性格なので、片付けていない本を残したまま帰るのは申し訳なく思い、半分やればいいところをほとんど終わらせてから初日は帰った。

翌日、図書室に来ると、私が今日やるべき仕事がほとんど済ませてあった。

えっ？　これって私が昨日帰るときに先生から頼まれたもののはず。

あんなにたくさんあったのに。

一体誰がやってくれたの？

図書室担当の先生は、私の疑問を表情から読み取ったようで答える。

「ああそれはね、メアリーが帰ったあとに来た生徒がやってくれたわ。メアリーが頑張ってほとんど本を片付けてくれたでしょう。だからその子が『他の仕事をやります』って言ってくれたから頼んだの。二人は代理なのに、よくやってくれて助かるわ、ありがとう」

「いいえ、そんなことないです。もうひとりの方がすごいんです。私なんてただ言われたことをやっているだけですから」

「そんなことないわ、二人とも他の人の倍は働いてくれているもの。他の子だったら与えられた仕事以上のことはしないわ。本当に感謝しているのよ。はい、これ引き継ぎの日誌よ。読んで続きから始めてちょうだいね」

先生が手渡してきた日誌には、丁寧な文字で仕事の進捗《しんちょく》と『ありがとう、助かりました』と私へのお礼が書いてあった。名前の欄には、代理としか書いてない。

その何気ない言葉が、私は嬉しかった。短い言葉で、ありがとう以上の深い意味なんてない。

でもいろいろと考えすぎてしまう今の私には、心に染みる言葉だった。

なんか、いいな。……温かい気持ちになる。

今日は日誌に進捗《しんちょく》だけではなく、『昨日はありがとうございます』と最後に小さく書き足す。そしてもうひとりの代理の真似をして、名前の欄には『代理』と書いてみた。

顔を合わせることのない相手と日誌でのやり取りが続く。

仕事の進捗《しんちょく》以外で書いていることは、お互いに短いお礼の言葉のみ。

でもその言葉と相手を思いやった仕事の進め具合に、いつしか親近感《しんきんかん》のようなものを覚えていく。

会ったことがない人からのちょっとした気遣いに癒やされる。

こんなことは初めてで、不思議な感覚だった。

いつの間にか、放課後に図書室へ行くのが楽しみになっていく。

どんな人なんだろう？　機会があれば話してみたいな。

だんだんとそんな思いを抱《いだ》くようになる。

代理の人の名前どころか、性別だって知らない。分かっていることと言えば、綺麗な字を書く人ということだけ。

先生に聞けば、代理人が誰なのか分かることだがあえて尋ねなかった。

知らない相手とのやり取りが不思議と心地良かったから、それを壊したくなかったのかもしれない。

　一週間はあっという間に過ぎ、気づけば代理の最終日だった。もしかすると会えるかもと淡い期待を持っていたが、その人が早く来ることはなかった。

　少しだけ残念だったけれど、良い印象のままで終わるのは悪くないと思えた。私はいつも通りに仕事をこなし日誌を書く。

　でも最後にひとつだけ、いつもとは違うことをしてみた。日誌の名前の欄に『代理M』と記したのだ。

　深い意味はないし、何かを求めていたわけでもない。ただ最後だから書いてみただけ。

「先生、お世話になりました。有意義な一週間で、とても楽しかったです」

「お疲れさまでした。あなたが来ないと寂しくなるわ。それに優秀なあなたが来なくなったら仕事も溜まって、明日からまた図書室は大変なことになるわね」

　先生の優しい言葉に丁寧にお礼を言って図書室をあとにし、一週間はこうして無事に終わった。

　最後までもうひとりの代理に会うことはなかったけれど、それでも私の心には小さな温もりが残った。

◇　◇　◇

俺――エリック・サルーサは、図書室へ繋がる廊下を全力で走っていた。

普段ならこんなことはしない。でも今日だけは特別だった。

最終日の今日を逃《のが》したら、もう会う機会はないかもしれないから。

バタンッ！

勢いよく扉を開《あ》けると、図書室にいる生徒たちの咎《とが》めるような視線が集まる。

図書室の先生も呆《あき》れたように俺を見ている。

周りに頭を下げながら、急ぎ足で受付のほうに歩いていく。

「はぁ、はぁっ……、先生。俺、間に合わなかった？」

それだけで俺が何を言いたいのか先生には通じていた。

俺は日誌でやり取りしている代理生徒に興味を抱《いだ》き、一度は会ってみたいと先生に話していたからだ。

「あら今さっき帰ったところよ、もう少し早ければ会えたのに残念だったわね。はい、日誌。今日が最終日だけど、よろしくね」

どうやらちょっとの差で間に合わなかったようだ。

残念に思いながら受け取った日誌をパラパラと読んで、あるページで手を止める。

そこにはいつもと違う『代理M』の文字があった。

「Mか……、会いたかったな。仕事の手順とか引き継ぎの日誌に、相手への心遣いが溢れていて感心していたんだ。どんな生徒だったのかな。マイケル、ミシェル、ミック……ミランダ？　うーん、なんかどれもピンとこないな。先生、Mって生徒の名前を教えてもらえますか？」

気づいたらそんなことを口にしていた。

「あら教えてなかったのね？　てっきり初日に言ったつもりになっていたわ。その子はね、二年生のメアリー・スパンシーよ。本当に真面目《まじめ》な子で、代理ではなく図書委員になってほしかったくらいよ」

そう言う先生は本当に惜しそうな表情を浮べている。きっとその生徒は、お世辞抜きで良い子だったのだろう。

「メアリー・スパンシー。一体どんな子なんだろうな。先生ありがとうございます！」

「どういたしまして、エリック」

俺は先生にお礼を言いながら、メアリー・スパンシーのことを考えていた。

特別なやり取りをしていたわけではない。顔も知らないし、名前だって今知ったばかり。

知っていることは、彼女が日誌に綴《つづ》るさりげない気遣いと相手のことを考えた仕事の配慮。決して声高に主張などしていないが、その優しさはじわりと心に染みてくるものがあった。

日誌に記された『代理M』の文字をそっと指でなぞりながら、心に残った小さな温もりに気づく。

こんな経験は初めてだった。会ってみたいという思いが募《つの》っていく。

それは単純な興味なのか、もしかしたらそれ以上の何かなのかもしれない。

……どっちでもいいさ。会えばきっと分かるのだから。

そう心のなかで呟《つぶや》く。

このまま会わずにいるという選択肢は、完全に消えていた。

こんなふうに思う自分に正直驚いている。

俺はまた彼女と出会うことになるだろう。

努力次第で、偶然という奇跡が起こるのだから。

第三章　踏み出す勇気

数週間後。私——メアリーの学園生活は、相変わらず辛《つら》い日々が続いていた。

婚約解消されてしまった姉に表向きは同情を寄せ、私には憐《あわ》れみや嘲笑《ちょうしょう》を向ける人々。

親しい友人たちが励ましてくれるとはいえ、家族に対する私の苦悩を打ち明けることはできなかった。

友人たちには「ありがとう、私は平気よ」と言いながらも、本音を言えばもうすべてから逃げ出したかった。

他人の好奇の視線と、親密すぎる態度をとり続ける二人を避けたいがために、少しでも時間があると空《あ》き教室で勉強して過ごすようにしていた。

今日もお昼ご飯を食べずに、空《あ》き教室に来てひとりで教科書を読んでいる。

ふと視線を感じて横を見ると、いつの間にかひとりの男子生徒が少し離れた席に座ってこちらを見ていた。

えっ!?　いつの間に？　全然気がつかなかったわ。

「驚かしちゃったかな？　ごめんね」

私が驚いた表情を浮かべていると、その生徒はクスリと笑う。

「いいえ、大丈夫です。私が勝手に驚いただけですから。えーっと、驚いてごめんなさい？」

「驚いてごめんなさいってなんだい。面白い謝り方をするんだね、君は」

そう言って笑い続ける彼につられて、思わず私も笑ってしまった。

「本を真剣に読んでいる表情が素敵だけれど、その笑顔もいいね。ああ、それより自己紹介が先だね。俺はエリック・サルーサ。三年だ、よろしく。一応は初めましてかな」

気さくに話しかけてきた彼は、学園内での有名人だった。

平民だがその優秀さから最優秀生徒として入学が認められ、常に成績もトップを保ち続けている。さらに、その人柄から貴族が多数を占めるこの学園で生徒会副会長まで任されているのだ。

彼のことは私も一方的に知っていて、遠目では何度も見かけている。

でも学年が違い、直接会う機会なんて一度もなかった。

「初めまして、私は二年のメアリー・スパンシーです。サルーサ様、よろしくお願いします」

すごい人を前にして、少しドキドキしながら挨拶《あいさつ》をする。

「そんな堅苦しい呼び方でなく、エリックでいいから。俺は平民だから様付けだと、なんかぞわぞわしちゃってね」

「えっ、でも年上の方を呼び捨てだなんて……」

いくら本人が良いと言っても、やはり躊躇《ちゅうちょ》してしまう。

「いいの、いいの、本人が良いって言ってるんだからさ。ほらエリックって言ってみな。俺をぞわぞわさせたくなかったら様はなしでね～」

「は、はい。では、……エリック。私のことはメアリーと呼んでください」

勇気を出して呼び捨てにすると、彼はにっこりと笑い満足そうに頷《うなず》く。

「メアリー、大変良くできました！　君って、のみ込みが早いし、貴族にしては素直なところもすごくいいな。うん、やっぱり気に入った！　もし時間があるなら、ちょっと俺の手伝いをしてくれないか？」

そう言って彼が出してきたのは、生徒の名前が書かれている紙の束《たば》だった。

どうやらその紙を名前順に並べ直して、まとめている途中だったようだ。

強引でおかしな人だと思ったけれども、嫌な感じはしなかったからお手伝いをすることにした。

淡々と作業をするのかと思いきや、お腹が痛くなるほどエリックと一緒に笑いながら進めていく。

「もう、もうやめてください！　これ以上笑ったら私、死んじゃいます！　……もう、だめ、笑いすぎて苦しいわ」

私は笑いながら彼にお願いをする。

「そう？　じゃあ俺はこのままいったら殺人犯か。それはちょっと困るな……。きっと母さんに泣かれて、それを見た愛妻家《あいさいか》の父さんに殺されそうだ。殺される殺人犯なんて嫌だな。まさに脇役って感じじゃん。よし、これは生徒会副会長様の命令だ！　メアリー、もう笑うな」

さっきまで私を笑わせていた彼が、真面目《まじめ》な顔をして、さらにおかしなことを言ってくる。

もうどうやっても笑うのは止められそうにない。

私は目に涙を浮かべながら、声を上げて笑ってしまう。

こんなに素直に笑ったのは久しぶりだった。

自分でも驚くくらいに、初対面のエリックに素《す》の自分を出せている。

上手《うま》く言い表すのは難しいけれど、彼はとても不思議な人だ。貴族とか平民とか身分に関係なく、こんな人に会ったのは初めてだった。

エリックは強引な部分があるけれど、押し付けがましくなく人に嫌な感じを与えない。

そして彼と一緒にいると、自然と楽しい雰囲気になってくる。

人の懐《ふところ》にスッと入り込む、そんな人だった。

でも、それが不快ではなく、なぜかホッとする。

とても温かい人なのだろう。

私は、心のなかでそんなことを考えていた。

楽しい時間はあっという間に過ぎてしまうもので、気づけばもう昼休みが終わろうとしていた。

このまま終わるのは残念だと思ってしまう。

すると、エリックが口を開《ひら》いた。

「もし良かったら時間が空《あ》いているときに、また俺の手伝いをしてくれないか？　実はさあ、生徒会絡みの雑務が多すぎて困っていて、メアリーのような優秀な助手が日頃からほしいと思ってたんだ。もちろんタダでとは言わない。どうやら君は勉強が好きなようだから、俺が君を学年首位に導いてあげよう。あっ、これはカンニング方法の伝授ではなく、スパルタ指導って意味だから、誤解しないでね！」

最後の部分を慌《あわ》てて訂正するエリックは、年上なのにちょっと可愛い。

こんなに楽しい気持ちはいつぶりだろう。

持て余している時間を有意義に過ごせるのはありがたく、彼の提案を受けることにした。

それに学年首位……、頑張って目指してみようかな！

久しぶりに自分でも驚くほど前向きな気持ちになっているのを感じていた。

「はい、喜んでお手伝いします。エリック、よろしくお願いします」

「良かった。メアリー、これからよろしく～」

エリックはさっと手を差し出し、私に握手を求める。

私が一瞬遅れて手を出すと、彼は力強く私の手を握り返す。

「交渉成立だな」

彼はそう言って、満足そうに頷《うなず》いていた。

こうして空《あ》いた時間はエリックの手伝いをしながら、合間に勉強を教えてもらうことになった。

彼と一緒に過ごす時間は、いろいろなことで疲れている私にとって癒やしとなっていく。

また彼はたぶん知っているはずなのに、姉やギルバート様のことについて何も聞いてこないことも楽だった。

それから数週間後。

いつものように二人で笑いながら作業していると、エリックがふと真面目《まじめ》な顔になって、私の顔を覗き込んで尋ねてきた。

「ねえメアリー、なんか無理していない?」

急にそう言われてしまい、私は何も答えられない。

……ついに、姉たちのことを聞かれるのだろう。この楽しい時間も終わっちゃうのかな。

そう思いながら彼と過ごす時間が終わりを迎えることを覚悟する。

「メアリーってさ、なんか俺とこうして馬鹿な話をしているときはちゃんと笑っているけど、学園のなかで見かける君はいつも微笑《ほほえ》んでいるけど笑っていないよね?」

エリックが話してきたのは、私の想像していなかったことだ。

だが、それは鋭《するど》い指摘だった。

「微笑《ほほえ》んでいるけど、笑っていないですか……。エリックには、そう見えますか?」

彼の言葉に、思ったまま返事をしてみる。どう見えているのか知りたいと思った。

「うん、見えるよ。その場だけを乗り切るために、作り笑いをしているんじゃないだろう?」

問いかけているような口調で、エリックは告げる。

でも彼の表情を見て、私に尋ねているのではなく、そう確信していると感じた。

そのまま、彼は続ける。

「うーん、上手《うま》く言えないんだけど。メアリーの微笑《ほほえ》みは常につけている仮面みたいに思えるんだよね。余計なお世話かもしれないけどさ、それはだめだよ。いっときの作り笑いなら誰だってする、でもずっと無理して笑っていたら本当の君がいつか壊れちゃうからやめた方がいい」

私の目を真っ直ぐに見つめ話してくるエリックは真剣そのものだ。

私の微笑《ほほえ》みを見て、それが偽《いつわ》りだと気づいたのは彼が初めてだった。

一緒に暮らしている家族やギルバート様でさえ気づいてはくれなかった。

……いいえ、都合の良い私しか受け入れなかったのだ。

でも、この人はちゃんと私を見てくれている。私が良い子を演じているのを分かってくれているんだ。

心のなかにじんわりと温かいものが広がっていく。

自然と涙が零《こぼ》れてきた。

やっと私自身を見てくれる人に出会えた嬉しさで、笑いながら泣いてしまう。

「うぁっ！　笑いながら泣くメアリーはすごく可愛いけど、泣かせた俺って鬼畜《きちく》？　それとも笑わせた俺で相殺《そうさい》される？　えっ、どっち？　そこ重要だから！」

彼は少し慌《あわ》てた様子で、身を乗り出して聞いてくる。

「エリックありがとう、あなたのひと言がとても嬉しかったです」

嬉し泣きをしながら、素直に感謝の言葉を彼に伝える。

「えっ、鬼畜《きちく》が嬉しいの？　メアリーはドMなのか。……知らなかったな」

彼は呟《つぶや》くようにそう言うと、目を大きく見開《みひら》き驚いている。

「もうっ！　そうじゃありません。私が嬉しかったのはもっと前の良い台詞《せりふ》ですから！流れを読んでください、流れを！」

せっかくの感動の場面なのにエリックが変なことを言うので、あたふたしながら大きな声で訂正する。

「その表情いいね。メアリーはさあ、仮面なんて外《はず》して、いつでも誰の前でもそうしていたらいいんだよ」

彼は笑いながら軽い調子で、大切なことをサラリと言う。

指摘は鋭《するど》いが、深刻になりすぎないように気を配ってくれたのだろう。

……彼なら分かってくれるかも。

彼になら心に抱《かか》えているものを話せる気がした。

私は、深呼吸をする。

そして、勇気を出してエリックに尋ねる。

「……私の話を聞いてもらえますか？」

「もちろん！」

優しい表情でエリックは、そう答えてくれた。

そして私は、初めて自分の胸に秘めていた葛藤《かっとう》を話し始めた。

エリックは相槌《あいづち》を打ちながら、最後まで私の話を聞いてくれた。

彼は聞き終わると腕を組んで、暫《しば》く考えていた。

そして優しい口調で、話しかけてくる。

「メアリーはずっと長い間、ひとりで頑張っていたんだな。本当に偉いと思うよ、よく壊れずにここまできたね。君だからこそ頑張ってこられたんだ」

私を労《ねぎら》ってくれる言葉を聞きホッとする。

「聞いてくれてありがとう。今まで誰にも話せなかったからなんだか不思議な気分だわ」

彼が私を否定しなかったことが嬉しくて、話してみて良かったと思えた。

「どういたしまして。ところでメアリーはこれからどうしようと思っているの？　これからも仮面を被ったまま頑張り続けるの？」

彼の口調は真剣だけれど、問い詰めているわけではない。

私を心配してくれる気持ちだけが伝わってくる。

私はどうしたいんだろう……

このままでいる？　それで本当に私はいいの……？

心が揺らぐ。彼に話したことで、今まで無理矢理に抑えていた思いが湧き上がってくる。

……良い子の仮面を外《はず》したい。

口には出さないけれど、そう思い始めていた。

小さい頃は諦めたけれど、もうあの頃の私とは違う。何もできずに泣いていたあの頃の小さな女の子はもういない。

心と体が自然と前を向いていくのが分かる。

そんな自分に驚いているけれど、気分は良かった。

「いいね。その表情、何か心の変化を感じるな。人って心のなかで思っていたことを言葉にすると、あれ？　って思うことがあるんだよね。難しくて無理だって思っていたことが、実はできるって気づけたり、正しいと信じていたことが本当は間違っていたりさ。まあ、その反対だってあるけどね。本当に人間ってややこしいっていうか面白いよね～」

さっきとは打って変わって、軽い口調のエリック。

彼の言葉には強制なんてない。

でも、トンと軽く背中を押されたような気がした。

それは一歩踏み出そうとする私にとって心強く感じる。

「こうして気持ちを話せたことは、私にとって大きな一歩になりました。家族との関係というか、私自身を見つめ直していこうと前向きな気持ちになれて正直驚いています。まだちゃんと私自身で分かっていない……整理できていない部分ばかりだけど頑張ってみます。エリック、また話を聞いてもらえますか？」

「もちろん！　どんどん話していいからね。そうだ、前向きな君に俺から素敵なプレゼントをあげよう。メアリー、今度の休日は暇かい？」

「え、ええ。暇ですけど……」

「我が家に来てみない？　俺が昔使っていた試験対策の必勝ノートをあげるから。過去問は網羅《もうら》しているし、授業の重要な部分も完全に把握できる。学園の生徒なら誰しもが泣いて喜ぶほどの代物《しろもの》だから、持っていて損はないはずだ。それに我が家はちょっと面白いから、いい気晴らしになると思うよ」

エリックの意外な提案に驚いて何も言えずにいると、彼は顔を真っ赤にして慌《あわ》てた様子で言葉を付け加える。

「あっ、変な意味に受け取らないで！　家には一うじゃ二うじゃ、うじゃうじゃうじゃと家族がいるし、俺と二人っきりになって、どうこうはないから安心して！」

うじゃうじゃ……？　家族って、うじゃうじゃと表現するかしら？

一うじゃ、二うじゃ、ないわ……それはない。

エリックは焦《あせ》って変な言葉で弁解するが、私はよく分からずにぽかんとしてしまう。

だが、彼の焦《あせ》り具合に思わず笑ってしまう。そしてそのまま答える。

「大丈夫です、誤解していません」

「良かった～、嫌われてなくて」

彼はホッとした様子で、胸を撫で下ろしている。

……彼と一緒にいるときは、不思議と笑ってばかりいる。

ちょっと迷いはあったけれど、彼のことは信頼していたので行くことを決めた。

「分かりました。休日は図書館で過ごすつもりだったので、その前に行かせてもらいますね」

「よし、決まりだな。じゃあ図書館の前で待ち合わせをしよう」

二人で詳しい待ち合わせ場所と時間を決め、次の休日に彼の家を訪問する約束をした。

そして約束の日。

休日になると、やはり姉とギルバート様は朝早くからどこかに出かけていった。

もしかしたら誘われるかもと思ったが、二人は私を見ても笑顔で『行ってきます』と言って手を振るだけだった。

少し虚《むな》しさを感じたが、エリックとの約束を守ることができる安堵《あんど》の気持ちのほうが大きかった。

私は家族にエリックの家を訪問することは告げず、図書館で調べ物をしてくると言い屋敷を出た。乗ってきた馬車は一旦屋敷に戻し、また夕方に図書館まで迎えに来てくれるように頼んでおく。

家族に内緒で行動するのは初めてだった。

けれど、何かが変わるかもと期待に胸が弾んでいた。

私が待ち合わせ場所である図書館の前で待っていると、一台の豪華な馬車が目の前で止まり、なかから私服姿のエリックが姿を現した。

えっ……！　エリックって、平民なのになんで？

その馬車はどう見ても貸し馬車ではなく、所有しているものだった。それは御者《ぎょしゃ》の態度からもすぐに肯定された。

「エリック坊ちゃん、レディを待たせたときはちゃんと謝らないとだめですぜ」

「分かっているから！　それに友人の前で坊ちゃんはやめてくれ……。待たせてごめん、メアリー」

坊ちゃんと言われたのが照れくさいのか、エリックは顔を真っ赤にしている。

学園のときよりも素《す》に近いエリックを見ることができてなんだか嬉しい。

「いいえ大丈夫です。私も今来たところですから。それよりもエリックって良いところのお坊ちゃまなんですね、全然知りませんでした」

「いいや、違うから。……いや実家がお金持ちなのは、そこまで違わないけど。でも俺はお坊ちゃまキャラではなく、どっちかと言うとワイルド……そう、ワイルドを目指しているから！　だからお坊ちゃまだけはやめてくれ」

エリックがワイルド系……？

な、なんか違うわよね。思わず笑いそうになってしまったけれど、なんとか堪《こら》える。

「あっ、今、心のなかで俺のことワイルドじゃないって思っただろう！」

言葉にはしていないのに私の考えていることを察したようだ。こんなときでもエリックは無駄に鋭《するど》い。

「はい、そう思いました。エリックはワイルドとは違いますね」

「坊ちゃん、諦めて路線変更しましょうぜ」

私が正直に答えると、御者《ぎょしゃ》も大笑いしながらエリックの背中をバンバンと叩いていた。

「……ちょっと考えてみるよ」

落ち込みながらもエリックは素直に返事をする。

主従関係のある間柄《あいだがら》なのにその微笑《ほほえ》ましいやり取りは、エリックらしかった。そして、促されるまま馬車に乗り彼の家へと向かう。

思っていたより彼の家は王都の中心部にあったようで、十分ほど走ると馬車は止まった。

最初に彼が降りて、手を貸してもらいながら私も馬車を降りる。

な、何、これ！

目の前にあったのは想像していたような裕福《ゆうふく》な平民の家ではなく、有名なサルーサ商会の立派な建物だった。

サルーサ商会は、平民である会長アレックス・サルーサが一代でここまで築き上げ、今やその影響力は高位貴族に匹敵するとまで言われている。

王家はその影響力を恐れ、その地位に相応《ふさわ》しい爵位を与えることで恩を売ろうとした。

しかし、断固として拒否されてしまったらしい。

貴族でさえ王家に意見することは躊躇《ちゅうちょ》するのに、それが許されるほどの力を持つ商人が運営しているのがサルーサ商会だった。

まさか……エリックの実家があのサルーサ商会だったなんて。

年齢的に考えると、きっとエリックは会長の子どもなのだろう。珍しい苗字なのに全《まった》く気がつかなかった。

商会の従業員たちはエリックの存在に気づくと口々に「エリック坊ちゃん、お帰りなさい」と声をかけてくる。

びっくりして言葉が出ない私に向かって、彼は笑いながら「ようこそ我が家へ」と言って建物のなかをどんどん進んでいく。

サルーサ商会の建物のなかを進み、裏口から外に出る。すると、そこには表にある立派な商会の建物とは違って、こぢんまりとした白色が基調の可愛い家があった。

目の前の建物を指差しながら、明るい調子でエリックは話し出す。

「商会の建物を見たあとだと拍子抜けするよね。本当に普通の家だろう、こっちが家族で住んでいる自宅なんだ」

「そんなことありません。物語に出てくるような可愛くて素敵なお家ですね」

「ありがとう。家の外装は母の趣味なんだけど、この小ささは父のこだわりなんだ。自称、世界一の愛妻家《あいさいか》の父は、広い家だと母の気配が感じられないから嫌なんだって。ちょっと変わっているだろう」

小さいと言っているけれども、平民の家としては普通の大きさで決して小さいわけではない。

それに父親のことを変わっていると言っているけれど、その表情はどこか誇らしげで嬉しそうに見える。

想像した通り、家族と仲がいいのだろう。私はそんな家族を持つ彼が羨ましかった。

「どうぞー」

エリックはそう言いながら、玄関の扉を開《あ》ける。

「「「「「ようこそ、我が家へ！」」」」」

ズラリと彼の家族が並んで待っており、にこにこしながら声を揃えて歓迎してくれた。

私も慌《あわ》てて挨拶《あいさつ》をする。

「今日は、突然お邪魔させていただきありがとうございます。メアリー・スパンシーといいます。エリックには、いつも学園でお世話になっています」

私が丁寧にお辞儀をしたあとに、エリックにそっくりな壮年の男性が家族を紹介してくれる。

「私はエリックの父のアレックス・サルーサです。息子といつも仲良くしてくれてありがとうございます。隣にいるのが私の愛する妻のエルです。そして長女のドリー、次女のシャナ、三女のリナ、次男のサム、三男のアキトです」

エリックの弟妹《きょうだい》はみな自分の名前が呼ばれると、手を上げながら私に笑いかけてくれる。

驚いたことにエリックは六人兄弟の長男だった。彼の面倒見がいいのは、日頃から弟《きょう》妹《だい》たちのお世話をしているからだと納得する。

「父さん、家族みんなで待ち構えないでくれよー。俺のほうが恥ずかしいから」

エリックは顔に手を当てて仰ぎ見ているけれど、その声音は照れているだけで嫌がっているようには聞こえない。

「申し訳ございません。最初は、私と主人だけで出迎えるつもりだったのですが、エリックがそわそわして出かけるものだから下の子たちも気づいてしまい、挨拶《あいさつ》をしたいと張り切って集まってしまって……」

そう言って私の方を見ながら、嬉しそうに話すのはエルさんだ。見るからに優しそうで、六人の子どもがいるとは思えないほど可愛らしい人だった。

「「「「メアリーお姉ちゃん、一緒にお菓子を食べよう」」」」

エリックの弟妹《きょうだい》たちが声を揃えて誘ってくれるが、アレックスさんが慌《あわ》ててそれを止める。

「お、お前たち！　メアリー様は、伯爵家のご令嬢なんだぞ！　そんな失礼な態度をと――」

「いえ、どうかお気になさらないでください。私なら、全然構いません。むしろ、そうしていただけると嬉しいです。ですからアレックスさんもエルさんも敬語ではなく、普通に話していただけるとありがたいです」

わざわざ休日にお邪魔しているのだから、できるだけ気を遣わせたくないと思い、二人に告げる。

「そうは言っても……」

「今日だけ、特別ということでお願いします」

アレックスさんたちは困惑していたが、私がもう一度お願いすると笑顔を浮かべて頷《うなず》いてくれた。それを見ていたエリックも、なんだか嬉しそうな様子だった。

家族全員と私が居間に入ると、そこは人でいっぱいになった。

しかし、不思議と窮屈《きゅうくつ》な感じはしなかった。

みんなワイワイと話しているのでとても賑やかなのだが、口喧《くちやかま》しくは感じない。

それどころか、とても温かい雰囲気に満ちている。

それはエリックが纏《まと》っている雰囲気と同じもので、心地よいものだった。

エルさんが作った美味《おい》しいお菓子とお茶を食べながら、弟妹《きょうだい》たちが我先にと話しかけてくる。

「ねえねえ、メアリーお姉ちゃんはエリックお兄ちゃんの彼女なの？」

ドリーが、おませなことを聞いてくる。

その言葉にエリックが豪快にお茶を吹き出す。

「お兄ちゃん、汚い！」

エリックはお茶がかかった弟妹《きょうだい》たちに叱られる。

「ちょ、ちょっとやめてよ。まだ違うから！　あっ、いや……まだじゃなくて違うから。と、とにかく余計なことを言わないでくれ！」

慌《あわ》てて訂正するエリックに、弟妹《きょうだい》たちが遠慮なく口を出す。

「じゃあ、ただのお友達なの？」

「エリックお兄ちゃんってヘタレなんだね。そんなんじゃだめだよ」

「メアリーお姉ちゃん可愛いから、ぐずぐずしていたら誰かの彼女になっちゃうよー」

そう言って、弟妹《きょうだい》たちは笑う。

「メアリーねえね、すきー」

そう言ったのは、いつの間にか私の膝《ひざ》の上に乗っていた三歳のアキトだった。

「お姉ちゃんも好きよ」

小さい子からの純粋な好意が嬉しくてそう答えていたら、すぐさまエリックはアキトを私の膝《ひざ》から撤収してしまった。

……あら、そんなに重くないから大丈夫なのに。

「わぁー、お前たちやめろ！　おチビのお前たちには分からない大人の事情があるんだからな」

大人でもないのにそう言っているエリックの慌《あわ》てぶりがおかしくて、笑ってしまう。

さらに、おしゃまな弟妹《きょうだい》たちは畳みかける。

「エリックお兄ちゃんは、顔も性格もお父さんにそっくりなのに、こういうところは似てないんだね」

「お父さんと同じじゃなくて良かったね！」

「こういうところだけ、お兄ちゃんはまともなんだね～」

「うん、うん」

「おとーさんはだめー」

ううん？　何かアレックスさんにあるのかしら……

私の疑問を察したエリックが、苦笑いしながら説明する。

「なんて言うか、父さんは母さんのことを愛しすぎているから、子どもたちの前でも真っ直ぐな愛情表現でね。言葉を理解できる年になると、最初に『母さんの一番は父さんだから、邪魔するなよ』って真顔で言ってくるんだ。信じられないだろう……。もう笑うしかないよ」

最初は冗談かと思ったが、弟妹《きょうだい》たちも強く頷《うなず》いているのを見て、本当なんだと驚く。

アレックスさんは何が悪いと言いたげに胸を張り、エルさんもそんな夫を愛おしそうに見つめている。

エリックたちも困っていると口では言いながらも、やはりどこか嬉しそうだ。

……羨ましいな、本当に仲が良いんだわ。そのやり取りに遠慮はないが、お互いを慈《いつく》しみ合うような温かい絆が感じられ、見ていて微笑《ほほえ》ましかった。

ふと、自分の家族のことが頭に浮かんだ。

私の家族も、サルーサ家と同じように会話をしながら笑ったり怒《おこ》ったりする。

でも、決定的に何かが違った。

一体何が、違うんだろう……？

それが無性《むしょう》に知りたいと思った。

目の前で賑やかに話している家族を見つめていると、あることに気がつく。

……この家族には私のような都合の良い子や聞き分けの良い子がいない。

兄弟はみんな性格が違うようで、たくさん話す子もいれば大人しい子もいる。

でも大人しい子は我慢しているわけではなく、その子のペースで話し、何かを我慢しているような表情ではない。

両親はそれぞれの子を見て、誰ひとりとして適当な存在にしていない。

ひとりひとりが、それぞれの色で輝き大切にされている。

自分の家族が歪《ゆが》んでいるとは気づいていたけれど、実際にエリックの家族と見比べて、その違いを目の当《ま》たりにすると衝撃を受けた。

理想の家族と言われている我が家が、理想ではないことを真《まこと》に理解した瞬間だった。

私の目を覆っていた薄い布のようなものがなくなっていく。

エリックの家族が理想かと言われたら、それは私には分からない。

でも大切なものを持っているのは間違いない。私の家族にはないものがここにはある。

ここはとても温かいな……

そう思いながら、エリックの家族との楽しい時間を過ごした。

そのあと、彼が昔使っていたノートを貰うため、図書室のような部屋に移動する。

エルさんは大きな観葉植物の鉢を置いて扉が閉まらないようにしてから、満面の笑顔で去っていく。

エリックはその後ろ姿に何か呟《つぶや》いていたが、よく聞こえなかった。

席に座って、いざ勉強を始めようとする。

「はい、これが必勝ノートだよ、復習にでも使ってみて。きっと真面目《まじめ》なメアリーなら学年首位が取れるはずだよ」

「ありがとう。頑張ってみます！」

「いいね、その心がけ。メアリーは、本当に教え甲斐《がい》がある生徒だな。では早速、今日の復習でもしてみようか〜」

意味が分からず、私が首を傾《かし》げると彼は続ける。

「今日は、ありのままの我が家を見てもらった。そもそも平民より貴族のほうが、いろいろと難しいことがあるのは承知している。だから貴族であるメアリーの家と我が家が違うのは当然だろう。でも家族の根っこの大事な部分は、同じだと思っているんだ。だって結局はどちらもただの人間だからね。メアリーは、うちの家族と一緒に過ごしてどう感じたかな？」

「温かい家族だと感じたわ。賑やかだけれど心地よくて、こんな家族いいなぁって思ったわ」

「うんうん、そうか。あの賑やかなちびたちを好意的に受け止めてくれて嬉しいな。じゃあ、自分の家族と一緒にいるときも同じように感じている？」

彼は遠慮なく聞いてくる。

普段の私なら取り繕って答えているだろうけれど、今日の私は正直に答えてみる。

「……いいえ。賑やかなのは同じだけれども、温かいと感じたことはないかな。別に冷たいわけではないのよ、でも温かくもないわ。楽しいや心地よいと感じるよりも、息が詰まるときのほうが多いかな。……特に最近は」

私の返事を聞きながら、エリックは静かに頷《うなず》いている。

「それはどうして？」

その問いかけに、私は思いを吐き出し、その先の何かを掴みたいと渇望する。

自分のなかで不安と期待が入り混じり、先に進みたい私と以前の私がぶつかり合う。

それは沈黙という形で現れる。

それでも彼は、答えを急《せ》かすことなく静かに待ってくれている。

そして心のなかで勝ったのは、先に進みたいと願う私だった。

「……きっといつも我慢しているから。家族が笑っていられるように、自分を抑えて出さないようにしているから」

それは異常なことだと分かっている。

「なぜメアリーは我慢するの？」

彼の問いかけは、私の背中を優しく押してくれる。

「そうでないと、私は家族の一員になれなくて……。昔から聞き分けの良い子の私でないと受け入れてもらえなかった。そうしないと、両親は笑ってくれなかった」

私は思ったまま言葉を紡いでいく。自分のなかで、何かが確実に変わっていく。

「……そうか。でもさ、そんなことをして家族の一員になるっておかしいよね？　君だけが我慢して成り立つ理想の家族？　それは本当の意味で家族なのかな？」

彼は茶化すことなく真剣な表情で、辛辣《しんらつ》とも思える言葉を告げてくる。でもその眼差《まなざ》しが温かいのは変わらない。

……今までは辿り着く答えが怖くて、心のどこかで家族と向き合うことを拒否していたのかもしれない。

でも今は向き合うべきだと言って、背中を押してくれる人がいる。

そして私も向き合いたいと思っている。

今なら、怖くない。目を背《そむ》けずに向き合えるわ。

私ならできる、大丈夫。ちゃんと前を向いていられる。

今まで感じたことのない強い力が湧き上がってくる。

深く息を吸ってから勇気を出して、思っているまま口に出してみる。

「きっと自分の家族のことしか知らなかった以前の私なら、それでも家族だって言っていたと思う。でも、今日エリックの家族を見てそう思えなくなったわ。家族だから笑ったり喧嘩したり、いろいろあるのは分かっている。でも常に誰かを犠牲にして成り立つ理想の家族は、その誰かにとっては、家族とは言えない」

その誰かとは、私自身だ。

大丈夫、ちゃんと向き合えている。

最後まで言わなくては……そうしなければ何も変わらない。

変わりたい！

……もう一度深呼吸をする。

「……だから私にとっては家族じゃない。血は繋がっているけど、私を見てくれない人たちを大切だとは思えない！　もう自分を偽《いつわ》り続けたくない……」

ずっと心の奥にしまっていた思いを言葉にすることができた。

エリックがそっとハンカチを差し出してきて、初めて自分が泣いていることに気がつく。

彼は労《いた》わるような優しい口調で声をかけてくれる。

「メアリー、よく頑張ったね。自分を虐《しいた》げている家族でも、子どもはその事実を受け入れ難《がた》くて、愛してくれていると信じて我慢する。そして、壊れていくんだ。俺はメアリーにそうなってほしくなかった。そして君が変わりたがっているように思えたんだ。……君ならきっと前に進める」

彼はそう言いながら、まるで大切なものを触るかのように私が強く握りしめている拳《こぶし》をそっと両手で包み込む。

彼の大きな手はとても温かくて、私の手から自然と力が抜けていく。

「微笑《ほほえ》んで我慢するのは、もうやめなよ。これからどうするかは君が考えればいい。家族から逃げてもいいし、話し合ってやり直す道を選んでもいい。どんな道を選んでも、俺は君を助ける。だけど君が犠牲になる道は決して選んでほしくない。メアリーのことを心から案じている人がいることを忘れないでほしい」

エリックの言葉が、長年傷ついてきた心に染みる。

泣いたまま何度も頷《うなず》いていると、彼が優しく私の頭を撫でてくれる。

その仕草に心が落ちついていく。

なんだか彼は人を安心させる天才みたいだ。

そのまま彼が身を寄せてきたので、抱きしめられ——

ぷにっ⁉

何か柔らかいものが、勢いよく私に当たってきた。

「ぼくも、ぎゅーするのー」

下を見ると三歳のアキトが可愛く私の足元にしがみついている。

「ア・キ・トー！」

エリックの優しい叫びが部屋に響き渡る。

そしていつの間に来ていたのか、扉の前に彼の家族が勢揃いしている。

彼らは、私たちを見て大爆笑している。

私と彼もお互いに顔を見合わせてから、間にいる可愛いアキトを見て思わず笑ってしまった。

◇　◇　◇

自宅の図書室で俺――エリックは、メアリーとたくさん話をした。

我が家でもっとゆっくりしてもらいたかったが、彼女の都合があるので夕方になる前に帰すことになった。

彼女の屋敷まで送り届けるつもりだったが『図書館に迎えが来ることになっているから』と言われたので、今日の待ち合わせ場所まで送り届けた。

そして彼女が無事に迎えの馬車に乗る姿を建物の陰からそっと確認したあと、俺も自宅へと戻った。

廊下を歩いていると、珍しく母のそばから離れて、ひとりでいる父の姿が目に入った。

「エリック、ちょっと来い」

脇を通り過ぎて自分の部屋に戻ろうとするが、そう声をかけられ父の書斎に連れていかれる。

扉をしっかりと閉めて書斎に二人っきりになると、父は黙ったまま俺を見つめる。

こういうときの父に、誤魔化《ごまか》しなんて一切通用しない。

やっぱり、あのときメアリーを抱きしめようとしたことを怒《おこ》っているのだろう。

「分かっている、あれは俺が悪かった。あのときはありがとう。父さんがアキトを入れてきたから俺は順番を間違えずに済んだ、助かったよ」

絶妙なタイミングでの弟の乱入が、父の仕業《しわざ》なのは言われなくても分かっていた。

「それがちゃんと理解できているならいい。お前がメアリー様を本気で好きなら相手の立場や気持ちを考えて大切にしろ、決して自分勝手に行動するな。あの子は貴族で今はまだ婚約者がいる身だ。順番を間違えたら、彼女を傷つけ失うことになるぞ。そんな思いはしたくないだろう?」

父は彼女の境遇も、俺が彼女をどう想っているのかもすべて知っているようだ。

俺がメアリーを自宅に招くと伝えたあとに、彼女のことを詳細に調べたんだろう。

そして、これから俺がどうしようとしているのかもきっとお見通しだ。

そのうえで、俺のために忠告をしてくれている。

「ああ、そんな間違いは絶対にしないよ。メアリーは強い子だから、これから家族と向き合おうとするはずだ。優しいから家族を許して、やり直そうとするかもしれない。……どんな結果になろうとも、彼女の意思を尊重《そんちょう》するつもりだよ」

父さんの目を真っ直ぐ見て、俺はそう答える。

この気持ちに嘘はない。

俺にとってメアリーは大切な人だ。だから、彼女の意思を無視して傷つけるようなことは絶対にしない。

そして、俺はそのまま続ける。

「今日は一緒にいろいろな可能性について考えたんだ。彼女は自分の道を決めて頑張ると思う。だから俺は友人として全力で彼女を助けるつもりだよ。すべてがちゃんと整うまでは、自分を抑えるから安心してほしい」

「そうか分かった。エリック、頑張れよ。もし貴族関係で面倒なことになったら俺に任せろ、なんとでもなる」

父はそう言って笑うが、大袈裟《おおげさ》に言っているわけではない。昔から貴族の柵《しがらみ》を嫌っているから、やるときは手加減などしないだろう。

……ったく、応援は気持ちだけでいいから。

「何言ってるのさ、俺は父さんの背中を見て育ってきたんだ。大概のことは自分でなんとかできる。自分の力だけで愛する人を守って見せるさ」

父の申し出を笑いながらきっぱりと断る。

だってこれは俺の問題だ。これから俺は自分のやり方でメアリーを守り、いつか愛してもらうために努力をするだけだ。

妥協なんて一切しないと、俺は心に誓った。

第四章　偽《いつわ》りを捨てるとき

待ち合わせ場所だった図書館まで、エリックに送ってもらった。そして予定通り迎えに来たスパンシー伯爵家の馬車に乗り屋敷へと帰る。

馬車のなかで揺られながら、私はひとりで考える。

エリックのおかげでいろいろと見えてきたけれど、これからどうするべきかはまだ決められなかった。

ただこのまま家族から逃げるのではなく、その前にもう一度だけ確認したい。

私を本当に愛していますか？　と……

もう自分を偽《いつわ》ることはしたくなかった。

しかし、長年家族として暮らしてきたのだから、やり直せるかもという淡い期待を捨てることはできなかった。

……未練かしら。でも後悔だけはしたくない。

そう心のなかで呟《つぶや》く私がいた。

屋敷に戻ると、姉はまだ戻っていなかった。

居間では、両親と兄と弟が紅茶を飲んで寛《くつろ》いでいる。

「メアリーも一緒にどうかしら」

そう言って母が誘ってくれたので、空《あ》いているひとり掛けの椅子に座る。

いつも通りに会話を楽しむ家族たち。

今、何も言わなかったらこれから先も言うことができない気がする。

そう思い、緊張しながらも家族に話しかける。

「あのね……ちょっと聞いてもらいたいことがあるのだけど、いいかしら……」

家族の視線が私に集まる。それは優しい眼差《まなざ》しで、私に勇気を与えてくれる。

「お姉様が婚約解消になって大変なのは理解しているわ。こんなときこそ家族が支えるべきだと感じていたし、私ができることはしてあげたいとも考えていた。その気持ちに嘘はなかったけど、今は同じように思えないの」

それを聞いた母は、驚いた表情で私に問いかける。

「メアリー、それはどういう意味なの？　まさか可哀想《かわいそう》なカサンドラを助けたくないってこと――」

「いいえ、そういう意味ではないわ。……ただギルバート様にお姉様を守ることを頼むのはやめてほしいの。二人は距離が近すぎるし、周りからは二人の仲を疑う噂《うわさ》が出ているわ。それに私に対しての心ない噂《うわさ》も……お父様たちも当然知っているでしょう？『婚約者に見向きもされない可哀想《かわいそう》な妹』と言われ続けるのは、もう辛《つら》くて耐えられないの」

今まで家族に言えなかった正直な気持ちを隠すことなく伝える。

「確かにそんなつまらない噂《うわさ》が出ているが、それは偽《いつわ》りじゃないか。カサンドラとギルバートはそんな仲ではないし、お前は可哀想《かわいそう》な妹ではない！　それは当事者であるお前が一番よく知っているじゃないか、そうだろう？　カサンドラの婚約者が決まれば、すべて元に戻るんだから大丈夫だ。それにいっときの噂《うわさ》など優しいお前なら我慢できるだろう、なあ？」

そう答える父。優しい口調だが、言っている内容は酷《ひど》いものだ。

父は噂《うわさ》で苦しんでいる私を知ってもなお、私が優しい性格だからと言って我慢を押し付けようとする。

優しいお前？　……違うでしょう。

都合がいいお前、と言っているのよね。

どうして私だけが、ここまで我慢しなければいけないのか理解できない。

だから私は声を張り上げて両親に訴える。

「どうしてお姉様が噂《うわさ》に晒《さら》されるのは可哀想《かわいそう》で、私なら我慢できると思えるのですか？　私だって心ない噂《うわさ》に晒《さら》されれば、同じように傷つくわ」

こんな私を見たことがなかったから、家族はみんな驚いている。

それでも心からの思いをどうしても分かってもらいたくて、私はそのまま続ける。

「美しいお姉様を守るために、私が傷つくのは当然なんですか？　どうしてお姉様には、我慢させないんですか？　……私だけ理不尽な我慢を強《し》いられるのはもう耐えられないわ。それとも、私だけが我慢しなければいけない理由があるの？」

生まれて初めて、気持ちを偽《いつわ》ることなく言葉にする。

いつも聞き分けの良い子を演じていた私は、両親が望む言葉しか言ってこなかった。

……これが本当の私の気持ちなの。どうか分かってほしい。

そして、受け入れて！

「……理由って、そ、それは、そう、カサンドラの方が辛《つら》い状況にあるからよ。婚約解消は女性にとって大変なことでしょう！　そんな当たり前のことが分からないなんて、具合が悪いのかしら……きっと、そうよね。メアリー、どこか調子が悪いのでしょう？」

そんなことは当然分かっている。私が知りたいのは、妹の私が我慢しなければいけない理由だ。

それなのに母は私の具合が悪いと心配して、この会話を終わらせようとする。

……お母様には私が見えていないの。具合なんて悪くない。私は怒《おこ》っているだけよ。

「メアリー、我儘《わがまま》も大概にしなさい。少しは我慢しているかもしれないが、自分だけだと思っていないか？　人はみな何かしら我慢しているものだ。自分だけが辛《つら》いと訴える人ほど、どれほど恵まれた環境にいるのか分かっていない。はぁ……今日のお前の言動は、自分勝手すぎる。いつもの優しいお前は、どこにいってしまったんだ。メアリー、がっかりさせないでくれ」

父も私の問いに答えず、自分勝手だと言って終わらせようとする。

少しの我慢？　自分勝手？　お父様は本当にそう思っているの？

両親はどこまでも都合の良い子である私しか受け入れられないようだ。

「優しいメアリー姉様が、僕は好きなんだけどな……。怒《おこ》っているお姉様は、なんか嫌だよ」

そしていつものようにカイトも無邪気《むじゃき》に言葉を紡いでくる。

……十歳にもなっているのに、なぜ私が怒《おこ》っているのか考えもせずに両親に同調するだけ。

「メアリー、言いたいことを言ったんだろう。もう十分じゃないか？　これくらいにしておけ、分かるだろう？」

そう言いながら、眉《まゆ》を顰《ひそ》めている兄。

その表情から、彼だけは私の言いたいことを真《まこと》に理解しているのが分かる。

だが波風を立てるなと、都合の良い私になるように求めているのが伝わってくる。いつも私に寄り添うようなことを言いながらも、結局は何もしてくれないのだ。

この家族のなかで一番私を理解してくれると思っていた兄は、一番残酷な人で、ただの偽善者《ぎぜんしゃ》だった。

ふぅ……やっぱりね。

もう溜息しか出てこない。

両親は都合良くしか解釈せず、カイトはそれに同調するだけだ。そして、兄は正しく状況を把握したうえで、自分に都合が悪くなければ何もしないことを選んでいる。

私はこの家族にとってなんなのだろう。

目立たない娘？　それとも都合の良い道具？

彼らにとって私は、都合の良い存在でなければ愛せない。

……いや、いらないのだ。

なんとなく頭では分かっていたことだが、ちゃんと向き合っても思いは届かない。

悲しくて仕方がなかった。

でも、涙は出ない。

部屋に気まずい空気が漂うが、誰も何も言わない。

いつものように都合よく私が行動することをみんな待っている。

この家族は今まで理想を保つため、無意識に私に寄りかかってきていたのだ。私を都合の良い存在だと勝手に決めつけ、その役割を押し付けてきたと考えてもいない。

だから今も、我が家の当たり前を待っているだけ。

……もう私は微笑《ほほえ》まない。微笑《ほほえ》んで逃げない。

怒《いか》りすら湧いてこず、ただ諦めるしかなかった。

いつもと違う私に困惑している家族をそのまま残し、私は部屋を出ようとする。

ちょうどそのとき、姉とギルバート様が楽しげな様子で帰ってきた。

ギルバート様はいつもと違う我が家の様子を察して怪訝《けげん》な表情を浮かべる。

しかし、空気を読まない姉は興奮したまま、今日の出来事を嬉しそうに話し出す。

「今日は、今一番人気のお芝居を観に行ったのよ。そのあと、ギルバート様がわざわざ私のために予約してくれたお店で評判のお料理を頂いたの。とっても美味《おい》しかったわ。

今度、メアリーも一緒に行ってみましょう。私とギルバート様で、下見は済ませたから味は保証できるわよ」

姉は何も悪いと思っていないから、私の前で隠すことはない。姉は無邪気《むじゃき》なのではなく、無神経なのだ。

そこに悪意はないが、だからこそ質《たち》が悪い。自分の何が悪いか分からない者は、決してその行動を改めることなどしない。

つまり、両親や弟と同じだ。

何事もなかったかのように両親たちは姉の話に相槌《あいづち》を打ち始め、いつもの我が家の雰囲気になった。

……もう私はこの輪に無理して加わることはしない。すべて無駄だもの。

ギルバート様だけは、ちょっとばつが悪そうな顔をして、私と目を合わせないようにしている。少しは私に対して後ろめたい気持ちがあるのだろう。

だが、今さらだ。二人は合意のうえで、行動をともにして楽しんでいるのだから。

黙ったまま部屋を出ていこうとすると、姉が明るく声をかけてくる。

「あら、メアリー？　婚約者を放《ほう》ってどこに行くつもりなの。せっかくメアリーに会いに来てくれたギルバート様に、そんな態度はいけないわ。彼は素敵な婚約者なんだから、もっと大切にしなくてはいけないわ」

ふっ、私に会いに来た……？

呆《あき》れて、思わず鼻で笑ってしまう。そうではない、彼は姉を送ってきただけ。

「もっと大切に……お姉様がそれを言うのですか？　ギルバート様の時間を奪っているのはお姉様で、それを嬉々《きき》として受け入れているのはギルバート様ですよね。もっともらしく私に意見をしているけど、お姉様は自分の行動で、私が苦しんでいると考えたことはないのですか？」

「……ひ、酷《ひど》いわメアリー。そんなつもりは……」

私が淡々と反論すると、姉は声を震わせながら涙ぐみその場に膝《ひざ》から崩れ落ちた。

いち早くギルバート様が姉に駆け寄り、抱きしめるように支える。姉も彼の胸に遠慮なく縋《すが》りついて泣いている。

ここにはお父様もお兄様もいる。わざわざ、妹の婚約者に縋《すが》りついて泣く必要はないのに……

「カサンドラ、気にするな」

「あの子はちょっと機嫌が悪いだけよ」

「カサンドラ姉様は悪くないから」

家族は口々にそう言って姉を慰《なぐさ》め、みな私に非難がましい目を向ける。

その様子は、まるで出来の悪い三文芝居《さんもんしばい》だ。

自分中心のお姉様と真実から目を背《そむ》ける彼らには、この茶番劇が相応《ふさわ》しいわ。

彼らの相手をするのが煩《わずら》わしく、私は黙ったまま部屋を出る。

自分の部屋に辿り着く前に、あとから誰かが追いかけてくる足音が聞こえ私は振り返る。

「ち、ちょっと待ってくれ、メアリー！」

そこには息を切らしたギルバート様がいた。

追いかけてきたことに驚きを感じたが、もしかしたら私のことを心配してくれたのかと思い優しい口調で答える。

「どうしましたか、ギルバート様」

「最近、我が家に来ていないだろう。以前は花嫁修業を兼ねて、定期的に来ていたのに……。両親もいらぬ心配をして、私に対して小言が多くなっているんだ。君の態度が悪いから、いろいろと周りを掻き乱しているんだぞ。さっきもそうだ、意味の分からないことでカサンドラを責めて。以前のように、もっと周りに気を配ってくれ！　分かったかい？」

「……」

期待をした自分が惨《みじ》めだった

私の言葉に耳を傾けることはないと分かったから、何も言わずにいた。

彼は強い口調で、さらに続ける。

「はぁ……以前の君はどこにいったんだ？　君から優しさを取ったら、何も残らないぞ。婚約解消されたくなかったら態度を改めてくれ！」

一方的に言いたいことを言って、ギルバート様は足早に去っていく。

私は黙ったまま彼の後ろ姿を見つめていたが、彼は一度も振り返ることはなかった。

彼の姿が私の視界から消えると、静かに自分の部屋に入り扉に鍵をかける。

……やっとひとりになれた。

「……っ、……っう、うっ……」

ベッドに身を投げ出し、口元に手を当て泣き声が廊下に漏れないようにして泣いた。

溢れ出る涙と嗚咽《おえつ》を止めることはできない。

私が幼いときから必死にしがみついてきたものは、すべて幻だった。

自分のそばに何ひとつ本当のものはないという現実が辛《つら》い。

心の奥底では薄々分かっていたことだが、それでも心が苦しくて仕方がなかった。

でも、向き合って辿り着いた答えを覆《くつがえ》すことはできない。

……もう自分を偽《いつわ》って生きることは、絶対に受け入れられない。

縋《すが》りついていたものをすべて失ってでも、私は自分の手で幸せを掴む決心がついた。


それから数時間後。

今日は、家族と一緒に夕食を食べる気には到底ならなかった。

いろいろあった日で、疲れ切っていた。

部屋を訪れた侍女に「夕食はいらないわ」と伝える。ひとりで考える時間が必要だった。

はぁ……もう考えることが多すぎるわ。

ただ今日は最悪な日であると同時に、自分が進むべき道を決めることができた決断の日でもあった。

暗闇を彷徨《さまよ》っていた生活はもう終わり。

その先にある光を目指していこう。

もう元の自分に戻るつもりはない。

疲労困憊《ひろうこんぱい》のはずなのに、気持ちは高揚している。

だがこの生活を今すぐにやめる手段はまだない。

自分の夢が叶う日までは、なるべく当たり障りなく過ごそう。
そんなことを考えながら、眠りについた。
その晩は久しぶりに悪夢を見ることなく、ぐっすりと朝まで眠ることができた。

第五章　新たな挑戦

翌朝。

昨日の言動を家族から責められることを覚悟しながら、朝食の場へ赴く。

すでに席に着いている家族に、「おはようございます」といつものように挨拶《あいさつ》をする。

「おはよう」

「メアリー、おはよう」

「メアリー姉様、おはよう」

家族から、いつも通りの返事が返ってきた。

そして、責めるような言葉は彼らの口から一切出ることはない。

予想とは違う反応に疑問が浮かぶ。

そんな私に構うことなく、普段と変わらない様子で朝食をとりながら仲良く話す家族。

まるで昨日の私の言動などなかったかのように見える。

しかし、そうではなかった。

挨拶《あいさつ》以降家族は、私に話しかけるどころか目を向けることさえしない。

家族が怒《おこ》ってこの態度をとっているのか、または私が謝るのを待っているのかは知らないが、とにかく、私と必要最低限しか関わらないようにするらしい。

話し合うのではなく、気に入らないから無視をする。

……本当に馬鹿みたい。これが私の気持ちを聞いたあとの家族の選択なのね。

理想の家族と言われている彼らの態度は酷《ひど》く幼稚《ようち》に見えた。

時折私に寄り添っているという視線を兄が向けてくる。それは私が家族に謝るのを待っているようだった。

だが、あえて気がつかないふりをして、黙ったまま食べ続ける。

もう昨日までの私とは違う。

今までならこんな態度をとられたらと考えるだけで、耐えられなかっただろう。

けれど、今は自分でも驚くほどに平気だ。

家族からの孤立を恐れ、常に自分を抑えていたのがなんだったのかと思える。

随分《ずいぶん》と遠回りしたけれど、呆気ないくらい簡単なことだったのね。

それどころか彼らの態度によって、残っていた僅《わず》かな迷いさえ吹っ切ることができて感謝しているぐらいだ。

彼らの態度に一切反応することなく、朝食を終えると家族を待たずに先に部屋を出る。

「……メアリー姉様は、まだ反省していないね」

痺《しび》れを切らしたカイトががっかりしたような声でボソッと呟《つぶや》くが、振り返ることはない。

もう以前の私とは違うのだ。

部屋に戻ると、手早く学園へ行く準備をする。いつもなら姉の準備を待って一緒の馬車で登校するが、今朝《けさ》は別々の馬車が用意されていた。

使用人たちが、この状況に戸惑っているのが分かる。

だが父から言い含められている彼らが、直接私に尋ねてくることはない。

私は準備を終えると、迷うことなくひとりだけで馬車に乗り学園へ向かった。

いつもよりだいぶ早く着いたので、教室にはまだ誰の姿もなかった。

誰もいない教室は昼間の喧騒《けんそう》が嘘のように思えるほど静かで、空気さえも澄んでいるように感じられる。

それは新たな一歩を踏み出した私にとって、幸先《さいさき》の良いスタートのようで自然と笑みが零《こぼ》れる。

うん、なんかいい感じ。すべてが上手《うま》くいきそうだわ。

初めての教室への一番乗りを堪能していると、扉が開《ひら》き担任の先生が驚いた顔をしながら近づく。

「おはよう、今日は珍しくメアリーが一番か。随分《ずいぶん》と早いな、どうしたんだ？」

「おはようございます。今朝《けさ》は仕度《したく》が早く終わったので、いつもより早めに家を出たんです。自分しかいない教室もいいですね。こんなに気持ちが良いなら早く来た甲斐《かい》があります」

「そうだろう、いつも騒がしい教室が静かだと別世界みたいだよな」

私は嬉しくなってそう言うと、先生もしみじみと呟《つぶや》く。

賑やかなクラスに先生が手を焼いているのが伝わってくる。これからは先生を困らせないようにしようと、心のなかで苦笑いをする。

暫《しばら》く他愛もない話を楽しんでいると、いきなり先生は何かを思い出したようで身を乗り出して話す。

「あっ、そうだ！　メアリーに頼みたいことがあったんだ。実は最近、生徒会の書記の二年生が抜けてしまって、急遽《きゅうきょ》ひとり補充する必要があるんだ。君なら成績は優秀だし品行方正《ひんこうほうせい》だから問題ないと思って推薦しておいたんだ。事後報告《じごほうこく》で悪いが人助けだと思って、生徒会に入ってくれないか」

先生はそう言って机に手をつき、勢いよく頭を下げる。

突然の話に驚くが、年度途中で生徒会から人が抜けるのは稀《まれ》にあることだった。

そもそもこの学園の生徒会役員になるには、品行方正《ひんこうほうせい》で成績優秀なことが前提なのだ。そういう人物が選ばれて役員になるのだが、成績が著《いちじる》しく落ちてしまったり、問題行動を起こしたりした者は生徒会から抜けることになる。

そういうときは、教師から推薦を受けた生徒が新たに生徒会役員になるのが慣例になっている。

そのことは知っていたけれど、まさか自分に声がかかるとは思ってもいなかった。

「私なんかで良いのですか？」

「何を言っているんだ、君だからだよ。もともと成績は上位で、この前の試験では学年首位だっただろう。それに言動も問題ない。他の教師も太鼓判《たいこばん》を押していた。生徒会長も『君ならぜひ！』と言っていたらしい。どうだ、助けると思って入ってくれないか？」

今までの自分だったら考える時間がほしいと慎重になっていただろう。けれど、今日だからこそ運命のようなものを感じて入ることを即決する。

……自分で動かなければ何も変わらない。

変わりたい、やってみよう！

「はい、分かりました。頑張ります」

「そうか、良かった。じゃあ早速で悪いが、今日の昼休みに生徒会室に行ってくれ。よろしくな！」

先生は早口でそれだけ言うと、足早に出ていってしまった。

そのあとの午前中の授業は、新たな挑戦への期待から心が浮き立ち、珍しく集中できなかった。

あっという間に午前中が過ぎ、昼休みになり覚悟を決めて生徒会室に足を運ぶ。

生徒会は、雲の上のような存在。

緊張で震える手を誤魔化《ごまか》すために、深呼吸をしてから扉をノックする。

「失礼します」

すると、聞き慣れた声で「どうぞー」と返事がある。姿を見なくても、その声の主がエリックだと分かり少し緊張が和らぐ。

扉を開《あ》けてなかに入ると、そこには生徒会長の第三王子——アトナ殿下と副会長のエリックが寛《くつろ》いだ様子で私を待っていた。

「よく来てくれたね」

ゆったりとした口調で生徒会長が声をかけてくれる。

アトナ殿下は陛下と側妃の間に生まれた王子で温和な人だと評価されている。王子として優秀だが、頭脳明晰《ずのうめいせき》な異母兄《いぼけい》である第一王子よりやや劣り、武芸に秀でている同母兄《いろせ》の第二王子には勝ったことがない。

常に兄王子たちの前に出ることはなく、目立ちすぎることがない。野望を持つほど優秀ではないが、愚鈍《ぐどん》でもない。

だからこそ、良くも悪くも『第三王子の器』といわれている。

実際に近くで会うのは初めてだが、親しみやすい雰囲気を纏《まと》った方という印象だった。

「私が生徒会長のアトナだ。急な依頼なのに快く引き受けてくれて感謝している。これから一緒に学園のために頑張ってくれ」

アトナ殿下の言葉に慌《あわ》てて挨拶《あいさつ》を返す。

「はい、アトナ殿下。私は、メアリー・スパンシーと申します。お役に立てるか分かりませんが、頑張りたいと思っています。どうかよろしくお願い致します」

学園は身分に関係なく平等という建前だが、やはり第三王子を前にして他の人と同じ態度をとるなどできない。

深く頭を下げたまま、どうすればいいか戸惑ってしまう。

「メアリー嬢、学園では私は王族である前にただの生徒だ。必要以上に畏《かしこ》まる必要はない。これからは同じ生徒会の仲間でもあるのだから、気軽に接してほしい」

アトナ殿下から予想外の言葉を貰い、驚きながら顔を上げる。

だがそうは言われても、遠慮なく関わるなんてできるはずもない。

……どうしよう。

オロオロしてしまう私を見て、そばにいるエリックが殿下に向かって口を開《ひら》く。

「アトナ殿下、殿下は王族なんだからメアリーだって緊張するよ。とりあえずは、身分がちょっとばかし偉い先輩ぐらいでいいんじゃないんですか？　それにメアリーの信頼を勝ち取るために、どれほど俺が涙ぐましい努力をしたと思っているんですかー。何もしないで王族の有無《うむ》を言わせぬ権力を使って、俺と同じ立場になろうなんて狡《ずる》いですよ！　ったく、アトナ殿下は、横暴王子ですか～」

ちょ、ちょっとエリック!?　そ、それはだめでしょう。

エリックの言っている内容と口調は助け舟を出されるどころか、泥船に一緒に乗り込むようなもので慌《あわ》ててしまう。

「メアリーもそう思うよね？」

エリックは焦《あせ》る私に笑いかけながらそう言って同意を求め、思わず条件反射《じょうけんはんしゃ》で私も頷《うなず》いてしまう。

あっ、私も共犯⁉

さらに焦《あせ》る私を見て、ゲラゲラとお腹を抱《かか》えながらエリックは笑っている。

第三王子を前にしても、清々《すがすが》しいほどいつものエリックのままだ。

「いやー、それは悪かったな」

「そうですよ。ちゃんと反省してください、殿下」

彼が王族に対して、そんな態度だとは知らず驚く私を余所《よそ》に、アトナ殿下とエリックは軽快なやり取りをする。

その様子から二人が気の置けない仲なのだと分かった。

アトナ殿下が平民であるエリックを見下さず仲が良いようなので、私のなかの殿下の印象はさらに良くなる。

そしてそれ以上に、王族とこれほど自然に付き合えるエリックを尊敬する。

相手がエリックだからこそ、誰もが心を開《ひら》くのだ。

やっぱりエリックはすごいわ。みんな彼の前では、自然と和んでしまうのね。

彼の誰とでも打ち解けられる姿を見て、自分のことのように嬉しく思う。

「では、詳しいことはエリックに聞いてくれ。私は用事があるから先に失礼する」

アトナ殿下はそう言って生徒会室から出ていった。

緊張の糸が切れホッとしていると、エリックが話し始める。

「殿下が出ていって良かったよねー。なんかさぁ王族がいくら畏《かしこ》まるなって言ったたって、そうはいかないもんだよ。俺だって殿下の前では、いつも緊張で心臓がバクバクしているしさ。もし長生きできなかったら、絶対にアトナ殿下のせいだな。そしたら訴えてやる、あっ、死んでいるから訴えられないか……じゃあ化けて出ようかな~。メアリーも一緒にどう？」

いつもの調子でふざける彼に思わず笑みが零《こぼ》れる。

「いいですよ、エリックとなら化けて出るのも楽しそう」

私も彼に合わせて、軽い口調でそう言う。

「じゃ、決まりだな。死んでも俺とメアリーは一緒だ」

冗談だと分かっているけれども、彼の言葉に笑顔で応える。

そしていつものように二人で顔を見合わせて笑う。

生徒会に入ることで、エリックとより頻繁にこんなやり取りができるのが嬉しい。

「自分の進む道を決めたようだね？」

突然彼は笑っている私を見つめて、優しく聞いてくる。

「ええ、エリックのおかげで自分を偽《いつわ》らずに生きる決心がついたの。だからこれからはそのために、努力をしていくわ」

彼は嬉しそうに頷《うなず》くが、私がどんな道を選んだのか聞いてはこない。

エリックには関係がないことなので気を遣って尋ねないのかもしれない。

だが、私はそんな彼の態度をなぜか寂しく感じてしまう。

「応援するよ、頑張れ」

すると彼は私が今、一番ほしい言葉をさらりと囁《ささや》いてくる。

……ああ、本当に彼には敵わないな。

「はい、頑張ります。だからちゃんとこれからも見ていてくださいね」

どんなときでも真っ直ぐに見てくれることが嬉しくて、言葉が自然と口から零《こぼ》れ出る。

私ったら、何を言っているの……

ただの友人である彼に対して「これからも見ていて」と誤解されるようなことを言ってしまい、恥ずかしさから顔が赤くなっていく。

「うん、なんかメアリーいいよね。前より自分の気持ちを素直に出すようになってさ。前から可愛かったけれど、より一層可愛いよ。これからもその調子でいきなよー」

「か、可愛くなんてないですよ！」

照れから全力で否定する。

「そんなことないよ、真っ赤な赤ちゃん猿みたいで可愛い。それともメアリーは猿の赤ちゃんの可愛さを否定するの……？　あんなに可愛い生き物を……」

話の流れがいきなり変わる。軽い口調で、ふざけたことを真面目《まじめ》な顔を作って言うエリック。

「えっ、でもそれとこれとは――」

「同じだね！」

「違いま――」

「同じだな！」

エリックの訳の分からない勢いに負け、私はよく理解しないまま頷《うなず》く。

「素直でよろしい」

そう言って彼は、満足した様子で笑う。

……つられて私も笑ってしまう。

エリックはいつだってこうだ。

話の流れと関係のない軽い会話を絶妙に織り交ぜて、いつの間にか私の心を解《ほぐ》してくれる。

彼の言葉はまるで優しい魔法のようだ。
彼にそのことを言えば、きっとはぐらかすと思う。
彼はそういう人だから。
優しさを主張するのではなく、さり気なく包み込んでくれる温かい人。
彼といると、不思議なほど自然に笑える。
それに陽だまりにいるように心が温かくなる。
長年一緒にいる家族より、血の繋がっていない彼に癒やされていく。
……不思議だわ。どうしてそんなふうに思うのかしら。
私は心のなかでひっそりと考えてみるけれど、その答えは見つからない。
ひとしきり笑ったあと、エリックが生徒会について説明してくれる。
仕事自体は以前から彼の手伝いをしていたことの延長で問題はなさそうだ。
しかし、私の前任者は成績が芳《かんば》しくなく抜けることになったと教えられ、不安になる。
自分の将来のために、勉強はしっかりとしておきたい。
……生徒会活動と勉強の両立が私にできるだろうか。
そんな私の不安にエリックは気づいてくれる。
「これから生徒会は成績対策として、手の空《あ》いている上級生が下級生の勉強を見ることになったんだ。だから生徒会活動が、君の将来を潰すようなことにはならないから安心してほしい。それに生徒会役員だけがこの生徒会室を使えるから、周りの目を気にすることはない。だから今まで以上に勉強を頑張りつつ、生徒会活動も楽しんでいこう。ねっ⁉」

彼は私の気持ちをお見通しのようで不安をなくしてくれる。

その気遣いが嬉しくて、今までに感じたことがない気持ちになる。

感謝と……これは、なんていう気持ちかしら……？

「はい。せっかくエリックのおかげで学年首位になれたんですから、これからも頑張ります！」

「うん、良い返事だな。メアリーは最高だ！」

たかが返事をしただけなのに、エリックは全力で褒めてくれる。くすぐったい気がするが、嬉しいので否定しないでおく。

この日から正式に生徒会役員となった私は、他の役員たちとも仲良くなり勉強と活動を両立させ快適で充実した学園生活を送るようになる。

それから数週間があっという間に過ぎていった。

私を取り巻く状況はあまり変わらないが、自分の心の持ちようひとつでここまで変われたことは嬉しい誤算だ。

煩《わずら》わしい噂《うわさ》や仲睦《なかむつ》まじい姉たちを避けるために、無駄に時間を潰すことはなくなった。

自分を大切にしてくれる人たちの言葉を受け入れ、それ以外は聞き流せるようになっていた。

時折、ギルバート様が私と家族の関係について注意しに来た。

彼の主張は『早く君から謝るんだ。そうすれば、元に戻るから意地を張るな』と言う一点のみ。

私の言い分を尋ねてくることはなく、一方的に言ったあとは去っていくだけ。

だが彼との婚約関係もあと少しの辛抱《しんぼう》と思えば、そのまま放《ほう》っておくことができた。

彼との関係を諦めている私にとって、繰り返す不毛なやり取りに意味はなく、深まる溝を修復するつもりなど一切ない。

彼の怒《おこ》っている後ろ姿を見て、私は溜息を吐くのだった。

◇　◇　◇

——メアリーが生徒会に入る数ヶ月前。

この国の第三王子のアトナ殿下と俺——エリックは気が合い、周りからも俺たちは親友扱いされている。

彼は平民であることを理由に俺を差別するような人ではない。

……いや正しくは、そもそもアトナ殿下は他人に興味を示すことがほとんどないと言える。

もともと興味がないことはすべて適当に済ませる人で、高い能力があるのに滅多に全力は出さない。その結果、能ある鷹《たか》は爪を隠すような状態になり、『第三王子の器』と臣下たちに陰口を叩かれる状況になっている。

だがそんなことに頓着《とんちゃく》する人でもなく『かえって気楽な立場になったな』と喜んでさえいるのだ。

はぁ、器が大きいのか。それとも単に怠け者なのか……

きっと、どっちもなのだろう。

ほどほどの王子の仮面を完璧《かんぺき》に被り、誰に対しても平等なふりをすることで他人への無関心を上手《じょうず》に隠している。

そんなアトナ殿下だが、メアリーの姉のことは心底嫌っている。

彼が他人に感情を動かすことは本当に珍しいことで、その理由を知るのは俺を含め限られた者だけだ。

もともと彼はカサンドラに興味はなく、兄のサマオ殿下の婚約者が人間ならいいとしか思っていなかったみたいだ。

別に兄弟仲が悪いわけではなく、ただどうでも良かっただけらしい。

だからそのまま何事もなければ、カサンドラは間違いなく第二王子妃になっていたはずだった。

だがある日、彼女はアトナ殿下の前で間違いを犯してしまった。

それは王宮の庭園で開《ひら》かれたお茶会でのことだった。そこには、王家との繋がりが深い高位貴族の美しい令嬢たちが招かれた。

いつものようにお互いに親睦《しんぼく》を深め、和やかなお茶会になるはずだった。

その日たまたま公務が予定より早く終わったアトナ殿下は、気まぐれで顔を出すことにしたらしい。

するとと自分の婚約者が、数人の令嬢に囲まれ執拗《しつよう》に責め立てられているのを目撃する。

『やあ、みんなで何をしているのかな？』

アトナ殿下は、微笑《ほほえ》みながらそこへと近づく。

『なんでもありませんわ、アトナ殿下』

『女同士のちょっとした世間話ですわ』

さっきまでキツイ表情で言い募《つの》っていた彼女たちは、彼を前にしてすぐさま態度を変える。

甘ったるい声でそう答えてから、その場から逃げるように去っていく。

『どうしたの？　囲まれて困っていたようだが――』

『なんでもありません。ただお喋りをしていただけですわ、トナ』

アトナ殿下は心配して尋ねるが、その場に残った婚約者は微笑《ほほえ》みながら誤魔化《ごまか》し何があったのか教えなかった。

そもそもアトナ殿下は第三王子という兄たちよりも気楽な立場を最大限に活かし、政略的な意図よりも自分の意思を優先して婚約者を選んでいた。

何事にも適当なアトナ殿下が全力で手に入れた婚約者は、彼を『トナ』という愛称で呼ぶことを許されている唯一の女性だ。そして彼女のためなら、殿下は本気を出すことも厭《いと》わない。

このあとアトナ殿下は、お茶会で何があったかすぐに調べた。

婚約者は第三王子妃になるとはいえ、今はまだ子爵令嬢であり身分は高くない。本来なら王宮のお茶会に招待される身分ではないが、将来の王子妃だからという理由で参加していた。

それをよく思わない愚かな令嬢たちが彼女を囲み、口々に蔑《さげす》みの言葉をぶつけていたらしい。

そのなかに、カサンドラもいた。

だが彼女は、無意識に周りを煽《あお》っているだけで、他の令嬢たちのように直接言葉を吐いていない。アトナ殿下の婚約者が困った表情を浮かべると『大丈夫かしら？』と心配そうに声をかけ、誰に対しても優しい自分に酔いしれていたらしい。

その言動は、相手を貶《おとし》めることで自分が優位に立つ貴族社会ではよくある幼稚《ようち》な手段。深い考えなどないかもしれないが、陰湿で質《たち》が悪いものだ。

そのことを知ったアトナ殿下は、興味がなかったカサンドラを徹底的に調べ上げることを決めたのだ。調査を命じられた側近たちはすぐさま動き、正確な報告書をアトナ殿下に差し出す。

【・幼い頃から持て囃《はや》されてきたため、他人の気持ちを考えるよりすべて自分を優先する。
・美しい器に対してお粗末な中身。
・あの美貌《びぼう》だからこそ許されているが、一皮むけば自分のことしか考えない浅はかな女。
・王子妃としては力不足だが、優秀な臣下たちが周りを支えるのでなんとかやっていけるだろう】

容赦ない報告の内容。だがそれは紛《まぎ》れもない事実だった。

アトナ殿下はその報告を受けても、『あの女と結婚して不幸になろうが、それは自己責任だからどうでも良い』と言ってサマオ殿下の心配はしなかった。

ただそんな女がサマオ殿下と結婚すれば、義妹《ぎまい》となるアトナ殿下の婚約者がこれから先も傷つけられることは目に見えている。

アトナ殿下がそんな状況を許すはずはなく、その結果カサンドラを排除することにした。

そのために綿密な計画を立て、すぐさま実行に移す。

まずアトナ殿下は、サマオ殿下に見た目だけでなく性格も好みの令嬢を用意した。

その女性とサマオ殿下の間で幾度《いくど》となく訪れる偶然の出会い。

偶然も重なり続ければ、それは運命となり、お互いに自然と恋に落ちた。

そうして真実の愛に目覚めたサマオ殿下は、カサンドラとの婚約の解消を願い出たのだ。

第二王子は己の意思だと信じて、アトナ殿下の計画と寸分違わずに動いていた。

アトナ殿下が裏で糸を引いていたことは、サマオ殿下たちはいまだに気づかずにいる。

これが第二王子の婚約解消の裏であり、アトナ殿下はカサンドラに関わるものすべてをよく思っていないのだった。

そんな彼に俺は生徒会室で二人になったときを見計らって、生徒会役員の補充候補にメアリーの名を挙げる。

「却下だ。それを入れるくらいなら補充しないほうがましだ」

眉《まゆ》を顰《ひそ》め、温和な彼に似つかわしくない言葉を口にし、教師からの推薦状に目も通さずに受け入れることを拒絶する。

そこに迷いなんて一切ない。その分かりやすい態度に呆《あき》れてしまう。

そんな態度を殿下が取ることは予想していたが、今回ばかりは絶対に折れるつもりはない。

……頑張っているメアリーのために、絶対にこの件は認めてもらいたい。

そう心に誓い黙ったまま推薦状を差し出し続ける。

それを完全に無視するアトナ殿下と暫《しば》く攻防が続いたが、真剣な表情から察したのか軍配は俺に上がった。

「お前だって分かっているだろう。その補充候補はあのカサンドラ・スパンシーの妹だ。あの女と血が繋がっている者と関わりを持つつもりはない。だから期待するな」

アトナ殿下はそう言いながら、推薦状を険しい表情で渋々読み始める。

メアリーとあの姉を一緒にしないでくれと思うが、殿下が推薦状を読み終わるまで黙ったまま待つ。

殿下は愚かな判断をする人ではないと信じている。

パサリッ。

読み終わった推薦状を机の上に投げ置き、アトナ殿下が俺のほうを見る。

「どうやら妹のメアリー・スパンシーは、あの女とは違うようだな。行動はいたって常識的なようだし、もともと良かった成績も最近さらに良くなっていると……。それにどうやらお前も言いたいことがあるようだしな。一応は聞いてやる、エリック、話してみろ」

アトナ殿下はメアリーのことを聞く価値がある人物だと判断してくれた。

本当はメアリーと二人だけの秘密にしたいこともあったが、殿下がそれで誤魔化《ごまか》せる相手ではないのは分かっている。

俺はメアリーとの出会いから、今に至るまで包み隠さず正直に話す。

そして彼女を生徒会に迎え入れることが、どれほど有益なことか説明する。

どれほど話してもメアリーの素晴らしさを伝えきれるはずはなく、長々と話し続けているると殿下からの横やりが入る。

「分かった、分かったから！　もういいエリック、話すのをやめろ！」

「えー、もうですか？　まだ彼女の良いところの半分くらいしか話していませんよ。アトナ殿下はこれだけで本当に理解ができたんですか……。ちゃんと聞きもせずに判断を誤ったら、殿下を本気で恨みますよ……」

「……もう十分すぎるくらい伝わったから安心しろ。どうやらメアリーは、あのカサンドラとは違いできた女性のようだな。あの女の妹なのは気に食わないが、それはメアリーの責任ではないし、仕方がない。生徒会に受け入れることを認めよう」

「流石《さすが》アトナ殿下。正しい判断です！」

殿下は喜びを隠さない俺を見つめてくる。

「お前でも女性を好きになるんだな。生きているうちに、こんなお前を見るとは思わなかったぞ」

アトナ殿下は失礼なことを真顔で遠慮なく言う。

「何を言っているんですか。俺だって素晴らしい女性がいたら好意を持ちますよ」

「今までだって素敵な女性たちがお前に群がっていただろう。それなのに誰も相手にしなかったじゃないか」

「群がる時点で素敵な女性ではなく、いいとこ益虫《えきちゅう》ですから！　まあ殿下も会えばきっとメアリーの良さが分かりますよ。生徒会に入るのを楽しみにしていてください」

俺はそう言って、満面の笑みを浮かべた。

……メアリーが生徒会に入る前のことを俺は思い出していた。

俺とアトナ殿下の間でこんな会話がされていたことは、彼女は知らないし話すつもりもない。

正式に生徒会に入ったメアリーは、現在アトナ殿下だけではなく他の生徒会役員たちからも可愛がられている。

他の男が彼女に近づくのは内心気に食わないが、それは決して彼女に悟《さと》られないようにする。

彼女のために、今はまだ頼りになる先輩で我慢しようと俺は改めて誓った。

第六章　崩壊の兆し

生徒会活動の一環として年に数回、城下町で奉仕活動を行っている。その内容は自由で、生徒会役員で相談して決めることになっている。

そしてこの夏は、城下町で開催されるお祭りに参加し、屋台の売り上げを孤児院に寄付することに決まった。

だが、貴族の生徒たちはお祭りに参加したことがないので、そもそも屋台で何を売ればいいのか分からない。

だから平民の生徒にお祭りで人気のものを教えてもらい、その結果、串焼きというものを売ることになった。ひと口大に切った鶏もも肉を串に刺し、スパイスの効いた甘ダレをつけてじっくりと炭火で焼いたものらしい。

しかし実際に働いた経験などないので、みんな右往左往《うおうさおう》してしまう。

「何から始めたらいいいんだ……？」

みな頭を抱《かか》えてしまい、いつもの生徒会役員の優秀な面影は全《まった》くない。

「今回ばかりは箱入り王族の私では役に立たないな。私のことは置物だと思ってくれ」

いつも頼りになる生徒会長のアトナ殿下もそう言って、優雅《ゆうが》に椅子に座ったまま動かない。

だが、そのなかで張り切っているのはエリックだった。

「はーい、みんな注目！　涙ぐんでいる暇なんてないよ。まず役割を決めて、どんどん動いていこう。自分たちで汗水垂らしてお金を得るってことは簡単じゃないけれど、それだからこそ得られるものがある。俺たちみんなで力を合わせたら、なんだってできるから張り切っていこう。えいえい、おうっー！」

「「「おうーー！」」」

エリックの力強い言葉で場の雰囲気が一瞬で変わり、一致団結《いっちだんけつ》する。

彼はテキパキと指示を出していく。

生徒会役員のみんなは救いの神が現れたとばかりに、分からないところを彼に聞きながら準備を進めていく。

みんなから引っ張りだこの彼は、嫌な顔ひとつせず丁寧に教えている。

流石《さすが》サルーサ商会の息子という貫禄だった。

「メアリーには、売り子と会計をお願いするね。商品を渡しながら、実際にお金をやり取りするから忙しいし、計算も大変だよ。お釣りはポケットがたくさんついたエプロンに入れると便利かな。母さんが持っているから、それは俺が用意するよ」

「ありがとう、エリック。働くのは初めてだからドキドキしているけど、みんなで作り上げていくのってなんだかいいわね」

「そうだね、きっとメアリーにとって良い経験になると思うから一緒に頑張ろう。あっ、それと、そこの置物殿下も働いてください！　表に立つと悪目立ちしそうな置物ですから、裏できっちり、焼き担当になってもらいますよー。はいはい、早速練習してくださーい」

優雅《ゆうが》に座っているアトナ殿下に、エリックは容赦なく指示を出す。

「……エリック、私は王族だから料理の経験はな――」

「はぁ？　殿下は王族ではなく、置物だとさっき自分で言いましたよね？　置物なら、置物らしく黙って焼いてください。それとも焼かれてみますか？　フッ、焼くと焼かれるのとどちらがお好みですか？　……置物殿下」

「……焼く」

アトナ殿下の抗議の声は、エリックによって握りつぶされる。

準備から戦線離脱《せんせんりだつ》していた殿下とエリックの対決は、勝者エリックで呆気なく幕を閉じる。

そんな頼りになる副会長に、みんな心のなかでは拍手喝采《はくしゅかっさい》なのだろう。全員が彼に、尊敬の眼差《まなざ》しを向けている。

やはり実地で役に立つのは、貴族ではなく商人の子だ。

お祭りまで、エリックがみんなを引っ張り、生徒会は異様な盛り上がりのまま準備を進めていく。アトナ殿下もエリックの熱が伝染したのか、職人顔負けの手つきになっている。

恐るべし、エリックマジック！

そう思わずにはいられなかった。


そして準備万端《じゅんびばんたん》で迎えたお祭り当日。

努力の甲斐《かい》あって、私たちの串焼き屋台は大盛況《だいせいきょう》となっている。

一般のお客さんだけではなく、平民の生徒も応援を兼ねて、屋台に買いに来てくれた。

「いらっしゃいませ、ご注文をどうぞ！」

「メアリー、こんにちは。串焼きを三本お願いします！　もうすっかり売り子が板についていて、屋台の看板娘ですね」

そう言ってくれたのは、マーサという同学年の友人。彼女は、城下町に住んでいる平民だ。確か彼女の両親は、この近くで大きな料理店を営んでいると聞いている。

「来てくれたのね、ありがとう。看板娘だなんてとんでもない、失敗ばかりの見習いだわ。でも、楽しくて仕方がないわ。その子たちはマーサの弟でしょう？　あなたに似て可愛い子たちね。はい、焼きたてで熱いから気をつけて持ってね」

私は手早くお金を受け取って、焼きたての串焼きを手渡しながら彼女の弟たちにも話しかける。

「可愛いけれど、生意気で手を焼いています。……それよりこの串焼きとっても美味《おい》しいわ、うちの店で出したいくらい。今度この味付けを教えてくれませんか！」

串焼きを頬張《ほおば》りながら、マーサはウィンクする。日頃からお店を継ぐと宣言しているだけあってしっかりしている。

「困りますよ、お客さん。うちの味付けは門外不出《もんがいふしゅつ》ですから、可愛い売り子を困らせないでくださいよ」

横からおどけた口調で、エリックが言う。

今は私と彼の二人で店番を任されている。他の人たちは休憩中だ。

「あら残念です。今は引くけれど、店でこの味を出したら商売繁盛《しょうばいはんじょう》は間違いなしですから、将来の女主人としては絶対に諦めません。メアリー、美味《おい》しい串焼きごちそうさまでした！」

マーサは串焼きを食べながら、弟たちの手を引いて元気に去っていった。彼女の後ろ姿は地に足をつけて生きているという感じで逞《たくま》しい。

その貴族にはない逞《たくま》しさが眩しく見える。

私は、あんなふうになれるかな。

……なりたいな。

そう思いながらマーサを見送っていると、少し客足が途絶えた。

「メアリーお疲れ様。ほら、お客さんがいないうちにこれでも飲んで喉を潤して」

エリックは果実水を飲みながら、私にも同じものを差し出す。

立ったまま飲んでいいのかと戸惑ったけれど、お祭りではみんなが立ったまま飲食をしているので、それに倣《なら》ってそのまま飲む。

「いい飲みっぷりだね。平民のお祭りって、初めてだろう？　言葉使いは荒いし、おまけちょうだいとか遠慮なく言ってくるし、そのうえ騒がしくてびっくりしただろう」

確かに彼の言う通りで、お茶会や夜会などの貴族の集まりとは全然違って驚いた。

でも私は貴族のすました世界よりも、こちらのほうが好ましく思う。

この初めての経験は慌《あわ》ててばかりで、とにかく大変だ。それでもこの場所では、息苦しく感じることがなく不思議と自然体でいられる。

「貴族みたいに上辺《うわべ》だけ取り繕っているのではなく、誰もが活き活きしていて、ちゃんと生きているって感じるわ。楽しいときは心から笑って、賑やかに騒いで、どんなときでも逞《たくま》しい。マーサだって、お祭りを楽しみながら、自分の家のお店のことを自然に考えている。上手《うま》く言えないけど、ここではみんな良い感じに自然体で、すごくパワーを感じる」

　私は言葉を飾ることなく、思ったまま口にした。

「そんなふうに思ってくれるなんて嬉しいよ。ほら、平民ってガサツだろ。貴族の友人で、それを不快に思う奴は多いからな」

「そんなことない！　ガサツなのではなく、みんな感情豊かなのよ。ほら見て、気取らずに大きな口を開《あ》けて、心の底から笑っている。お腹が空《す》いて待ちきれない人は、大きな声で注文をしているわ。みんな今を全力で生きているって感じがする。私もつられて、笑ったり大きな声を出したりしていると、元気になってくるの。ここでの生活は大変だろうけど、絶対に貴族よりも心は豊かだわ」

　自分で力説してからハッとする。

わ、私は何を言っているのだろうか。

エリックは平民だからそんなことは当たり前に分かっているはず。

恥ずかしくて顔が真っ赤になる、穴があったら入りたい。

「この短時間でここの良さを見抜くなんて流石《さすが》メアリーだな。俺の育った場所をそんなふうに思ってくれてすごく嬉しいよ、ありがとう」

エリックは、誇らしげにそう言った。

自分のいる世界を誇れることを羨ましいと思った。

私は今いる自分の世界をそんなふうに思えたことはない。

今までは平民の生活は、大変で辛《つら》いことが多く、あくせく働くだけの毎日だと聞かされていた。

確かにみな生きるために必死に働いている、それは事実だ。それを大変だと表現するのは間違っていないだろう。

でも今日、その生活に直《じか》に触れることで、大変な生活という印象は覆《くつがえ》された。

城下町にいる人の表情は輝いていて、生きる力に溢れ眩しく見えたのだ。

こんなにも惹かれる世界が近くにあった。

……今までどうして気づかなかったのだろう。

隣にいるエリックの横顔をそっと見る。彼もいつだって輝いている。

きっと彼はこの町を大切に守りながら、より発展させていくのだろう。

「きっとエリックが家を継いだら、ここはもっと活気の溢れる場所になるでしょうね」

私は頭に思い浮かんだ未来を自然と口にする。

「いいや、継がないよ」

ケロリと重大な発言をするエリック。

えっ……、どういうこと？　長男なのに、あの立派な商会を継がないの？

私が驚いている様子を見て、彼は私の疑問を察して答える。

「あ、別に家族と仲違《なかたが》いしたとか、仕事が嫌いなわけでもないよ。まあ、家の手伝いはしているから、仕事はどっちかって言うと好きだしな」

「それならどうして継がないの？」

思わず身を乗り出して尋ねてしまう。

「だって、サルーサ商会って父さんが無駄に繁盛《はんじょう》させちゃったから、忙しいのなんのって。やり甲斐《がい》があるのはいいけど、長期間、外国へ買付けに行かされるんだよ」

「外国へ行くのが嫌なの？」

「いいや、そうじゃないよ。でも外国へ行ったら、大切な人と毎日会えないだろう。それだけは本当に勘弁だよ、忘れられたら洒落にならない。そんなのは絶対に嫌だから、学園から近い職場を選ぶつもりだ。まあ、文官あたりを狙っていくかな」

「……そうなのね。た、確かに大切な家族に会えないのは、きっと寂しいわよね」

……彼の大切な人とは誰だろうか。

彼の言葉に少し胸が痛んだが、動揺を隠して私は答える。

「うーん、やっぱりメアリーはそうきたか。まあ、そうだよな～」

エリックは苦笑いしながら、意味の分からない言葉を返してくる。

「エリック、そうきたかってどういう意味……？」

「いいの、いいの、気にしなーい。ほらメアリー、お客さんが来たぞ。可愛い笑顔でここにある串焼きを全部売り切ろう！」

私の質問に彼は答えず、上手《うま》くはぐらかされた。

押し寄せてきたお客さんに笑顔で対応しながら、エリックをちらっと見て、さっきの台詞《せりふ》を思い出す。

学園から近い職場を選ぶと彼は言っていた。

その言葉で、エリックはまだ近くにいてくれるのだと心が躍っている。

本当の私を見てくれる彼のそばにいると、不思議と心が落ちつく。

家族ではないから、いつまでもそばにいられるわけではない。

でもそれが少しだけ先に伸びると分かって嬉しかった。


数時間後。大盛況《だいせいきょう》のうちにお祭りが終わった。

「やったぞー！　俺たちは最高だ！」

トップの売り上げを叩き出して、私たちはエリックを中心に盛り上がる。

置物殿下もその働きが認められ、生徒会長としての威厳《いげん》を取り戻しつつある。

生徒会役員たちの絆もより深まり、今回の奉仕活動は大成功だった。

この生徒会で下っ端の私に、みんなが労《ねぎら》いの言葉をかけてくれる。

「メアリーの売り子は良かったわ。自然な笑顔も、お客さんたちとの軽快なやり取りも聞いていて気持ち良かったもの」

「そうそう、メアリーって頑張り屋だよね。城下町のお祭りに馴染んで対応するのがすごく早かったよな」

「ありがとうございます。たくさんのお客さんが来てくれたのは、先輩たちの呼び込みのおかげです。働くのは初めてだったけれど、すごく楽しいですね。自分の知らない世界がすぐ近くにあるんだって実感できました」

今日の健闘をたたえて、会話が弾む。

このなかの一員でいられて良かったなと感動していると、エリックと目が合った。

彼はヒラヒラと手を振り、よくやった！　と声を出さずに言ってくれる。

私も同じく手を振って応える。

何気ないやり取りだけれど、それがいつも以上に嬉しく感じるのはどうしてだろう。


そうして、私が生徒会活動を始めてから数ヶ月が経った。

思っていた以上に忙しいが、刺激のある毎日で充実している。

勇気を出して一歩踏み出したら、世界が変わった。

生徒会役員たちは向上心があり、勉学だけでなくすべての面でお手本となるような人たちで尊敬している。

そのなかにいると、私も負けたくないという思いが自然と湧いてきて、頑張る原動力になっていた。

以前は大人しくて臆病だったが、実は私は負けず嫌いだったようで、意外な自分の一面を知り驚いている。

そう感じられて、なんだか嬉しい。

それに最近は、学園内での噂《うわさ》にも変化が起きているようだ。

今までは『カサンドラの妹』と華やかな姉のおまけのように言われていたが、今は『メアリーの姉』と私の名前を出されることのほうが多いと友人から聞いた。

どうやら生徒会役員になり仕事を通して多くの人と関わるようになったので、知らないうちに私の認知度は上がっていたみたいだ。

噂《うわさ》の内容自体はあまり変わってはいないが、いつも兄弟たちの陰に隠れ目立たなかった私が認められたみたいで、少しだけ嬉しく感じてしまう。

ある日、友人たちに私の今の気持ちを話してみることにした。

「噂《うわさ》の内容は相変わらずだけれど……姉の付属品みたいな扱いではないからか、前よりも不快感はないの。嫌なことを言われているのに不思議なものね」

「何を言ってるのよ、お人よしすぎるわ」

「メアリー、あなたは酷《ひど》い噂《うわさ》をされているのだからもっと怒《おこ》るべきよ！」

「そうそう、前向きにもほどがあるわ。……でも、メアリーのその姿勢はとても良いと思うわ」

友人たちは呆《あき》れると同時に、プラス思考の私を歓迎し、自分のことのように喜んでくれる。

そんな友人たちの様子を見て、私の頭のなかにエリックの顔が浮かぶ。

ふふ、これも彼のおかげかな。

そのあとは流行《はや》っているお店の話題で盛り上がり、後日一緒に行く約束をしてから教室を出た。


今日は生徒会活動がない日なので、馬車で真っ直ぐ屋敷へと戻った。

家では相変わらず、必要なこと以外は家族の誰も話しかけてこない。

最初こそ違和感はあったが、慣れた今となっては煩《わずら》わしくなくていいと思っている。

普段より早く帰宅した私は、軽快な足取りで自分の部屋へと向かう。

途中で居間の前を通ると、家族五人でお茶を飲んでいる姿が目に入った。

それは我が家の日常であり、賑やかな団欒《だんらん》は理想の家族そのものでもあった。

しかし、なぜか静まり返っている。

……あら、今日も静かにお茶を飲んでいるのね。

ポツリ、ポツリと声が聞こえるが、会話になることはない。

最初こそは私抜きの家族で楽しそうにしていたが、最近は徐々に雰囲気が変わってきている。険悪ではないが、お互いに無理をしてお茶をしているように見えるのだ。

一生懸命に会話をしようとしても、以前と違って話が噛み合わないことが多く、笑い声も聞こえてこない。些細《ささい》なことでぶつかることが増え、家族みんなが不満を募《つの》らせているようだ。

兄以外はどうしてこんな状況になってしまったのか心当たりがないからこそ、余計にイライラするのだろう。

それでも家族は、なるべく私の前では揉めないようにしている。

きっといつまでも謝ってこない私に、弱みを見せたくないというつまらない意地なのだろう。

たまに目にする家族が、理想の家族とかけ離れてきていることは一目瞭然《いちもくりょうぜん》だった。

……この状況にいつまで耐えられるのかしら。

私の姿に気づいた家族は「お帰りなさい」と言ったあと、必要以上に明るい声を出し始める。

「ただいま帰りました」とだけ言うと、私は自分の部屋へと向かった。

すると、すぐに居間から声は聞こえなくなり、静かなお茶会に戻ったようだった。

その日の夕食の席では、カイトが些細《ささい》なことから姉と揉め始めていた。

「ねえ、カサンドラ姉様いい加減にしてよ。いつも自分のことばかり話して……さっきも僕が話していたのに遮《さえぎ》って聞いてくれなかった。そんなことばかりじゃないか、酷《ひど》いよ……」

カイトが涙を堪《こら》えて必死に話すが、姉はその様子を鼻で笑って言い返す。

「ふんっ、なに訳の分からないことを言っているの。私はとても大切なことを話しているのよ。カイトこそ、途中で話の邪魔をしないでちょうだい。もう十歳になっているのに、少しぐらい我慢ができないの？　はぁ〜、困ったものね。末っ子だからと甘やかされたのが良くなかったのかしら。どうせ庭に蛙《かえる》がいたとか、くだらないことばかりでしょう。そんな話は誰も聞きたくないわ、いい加減に察しなさいよ」

姉の冷たい言葉に、カイトは目を見開《みひら》く。

バンッ！

テーブルに思い切り手を打ち付け、カイトは怒《いか》りを爆発させた。

「僕の話はくだらなくない！　みんなに聞いてほしい大事な話ばかりだよ。それに、それに……前は楽しそうに聞いてくれたじゃないか！　もっと聞きたいって言っていたじゃないか。最近カサンドラ姉様は話は聞かないし、我儘《わがまま》にもなったし、それに意地悪だ。変だよ、おかしいよ！」

カイトは目に涙を浮かべて、叫ぶように抗議している。

確かにカイトの言う通り、以前の姉ならこんな言い方は決してしなかった。それにカイトも怒《いか》りに任せて叫ぶ子ではなかった。

……いや正確には違う。言う状況にならなかっただけだ。

なぜなら私が緩衝材《かんしょうざい》のような役割をしていたから。

姉やカイトは自分中心になりがちで、人の話を聞かずに話したがる。

だから私はタイミングを見て、他の話題を振ったり聞き役になったりして、家族が満足いくように気を配っていた。

誰も気がついていなかっただろうが、調整する存在がいたから上手《うま》くいっていたのだ。

だが今はその役割を担《にな》う人はいなくなった。

家族とは関わらないようにしていたけれど、泣いているカイトが可哀想《かわいそう》に見え、慰《なぐさ》めようと思わず手を伸ばす。

カイト、泣かないで……

バッシーン！

手が届く前に、カイトに勢いよく振り払われた。

そして、見下すように私を睨《にら》みつけてくる。

その目にあるのは強い拒絶だ。

今までは『メアリー姉様、聞いて』と甘えてくる弟だった。

だが、兄や姉に対する態度と比べて、どこか私を下に見ているところがあった。

カイトにそんなつもりはなかったのかもしれない。でも弟のちょっとした視線から、私はそれを感じ取っていた。

ただ彼のなかで、私がそういう存在になるのも当然だった。

両親の無意識による差別的な扱いを幼い頃からカイトは見ていたのだ。

そんな環境にいたカイトに責任はないのかもしれないが、あからさまに拒絶されたのは初めてだった。

……カイトが辛《つら》そうだから、助けたかっただけなのに。

どうすれば良かったのだろうか……

私の手はカイトを慰《なぐさ》めることなく、宙を彷徨《さまよ》ったあと下ろされた。

カイトは私から目を逸《そ》らすと、また姉に向かって不満をぶつける。

姉は八歳も年下のカイトにむきになって応戦する。

両親はそんな二人を見て、困った表情を浮かべるだけで何もしない。理想の家族に相応《ふさわ》しくない行動は受け入れ難《がた》いのか、表情を曇らせて見て見ぬふりをすることにしたようだ。

結局、彼らは聞きたいことにしか耳を傾けないし、みんなの話を平等に聞こうと気を配りはしないのだ。

兄は「つまらない喧嘩はやめないか」と優しく言うが、姉たちは自分の主張ばかり言って聞く耳を持たない。

そして、兄は両親と同じ表情を浮かべて私のほうを見て黙ってしまう。

兄は昔からそうだった。軽く注意したあとは、黙って私に期待するような目を向け、兄自身は何もしない。

……もう私は以前とは違う。兄の期待には応えるつもりはないのに、まだ何かを求めるのだろうか？

姉とカイトの言い争う声だけが、延々と続く。

ひとり犠牲にしてまでも守っていた理想の家族だが、犠牲になる者がいないと脆《もろ》いものだった。

……やっぱりこうなるのね。

どうして誰も考えないのかしら。

どうして気がつかないのかしら。

誰かを変えるのではなく、自分が変わらなくてはいけないということに。

自分は正しいと信じたまま変わろうとしない限り、この家族は緩やかに壊れていくのだろう。

目の前で家族が壊れていくのを見るのは、気分が良いものではない。

でも、私は神様でも聖人でもない。

自分の幸せのために必死でもがいているただの女の子だ。

薄情かもしれないが、家族と何も築けていなかった今の私には助ける力も気持ちもない。

揉めている家族を残し、静かに挨拶《あいさつ》をしてからそっと部屋を出た。

誰も呼び止めないことにホッとしていると、廊下にいた執事と目が合う。

どうやら家族の揉めている声は廊下にまで聞こえていたらしく、執事は難しい顔をしている。

何も彼は言ってこないが、使用人たちに八つ当たりの被害が及んでいることを知っているので、私は心苦しくなる。

「迷惑をかけてごめんなさいね。……でも、もう私は家族のためにすることは何もないわ」

長年勤める執事に、謝りの言葉を告げる。

「分かっております、メアリー様。幼き頃より大変な思いをさせて、誠に申し訳ありませんでした」

彼は苦しそうな表情を浮かべて、深々と頭を下げてくる。

やはり彼は近くで私たち家族を見てきたから、歪《ゆが》みに気づいていたのだろう。

でも立場上、黙っているしかなかったのだ。

彼にだって守りたい家族がいるはずで、主《あるじ》に意見して職を失うような危険は犯したくなかったのだと理解できる。

人が保身に走るのは当然のことで、責める気はない。

……頼りにしていたお兄様だってそうだった。裏切られたと思っていたけれど、前を向いている今なら兄の気持ちが少しだけ分かる気がする。

人はひとりでは弱いものだ。

孤独でなくなった私は、以前なら見えてなかったことが分かるようになった。

だが、すべてを許す強さを身につけてはいない。

だから揉めている家族を見捨てて部屋から出て、この場で執事と対面しているのだろう。

どちらが正しいとか間違っているとか……本当に難しい。

その人の立場での葛藤《かっとう》や思いは、その人だけにしか分からないのだ。

だから人の数だけ真実が存在するのだろう。

そんなふうに心のなかでひとり静かに考えていた。

執事は罪悪感からか何度となく謝罪してくる。その言葉で、私は現実に戻る。

「もう気にしないで。私は、自由になれたから」

「……あ、ありがとうございます、メアリー様」

その表情から苦しみは消えて、彼が解放されたのが分かった。

理想の家族の歪《ゆが》みは私たち家族だけでなく、彼も巻き込み、長年苦しみを与えてしまっていたのだ。

もしかしたら彼以外にも、苦しんでいる人がいるのかもしれない。

私が家族の歪《ゆが》みから解放されることが、その人たちの救いになれたらと願わずにはいられない。

◆◆◆

僕――カイトの生活は、少し前から変わってしまった。
上手《うま》く言えないけど、屋敷の雰囲気が前と違っている。なんだかギスギスして、ピリピリして居心地が悪くなった。

それは僕だけではなく、たぶん家族も嫌だと感じていると思う。

今までと同じなんだけど、同じじゃないんだ。

それなのにメアリー姉様だけは、落ち込む様子を見せず毎日楽しそうに過ごしている。

家族から無視されているのにどうして平気なのかな？

もしかして家族が大事じゃないの？

優しかったメアリー姉様が変わってしまったことは寂しかった。

そしてそれ以上に、家族を顧みない勝手な様子に腹が立っていた。

どうして楽しそうなの？

べ、べつにメアリー姉様なんていなくても……全然平気だけど。

でもメアリー姉様が、現状を全《まった》く気にしない態度にモヤモヤしていた。

メアリー姉様は、頼りになる兄上や華やかなカサンドラ姉様とは違い、家族のなかで唯一パッとしない存在だった。

とても優しいけれど、それだけ。

いつも微笑《ほほえ》んでいるけど、それだけ。

家族の中心になることは一度だってなかったし、自分の意見も言わずにいつも誰かの陰に隠れている人だった。

僕は友達に兄上やカサンドラ姉様について自慢することはあっても、メアリー姉様のことは話したことがなかった。

だって、自慢できることがなくて、普通なんだもん。

優しいメアリー姉様のことは好きだけど、自慢できるような人だったら良かったのになぁと心のなかでいつも思っていた。

でもそんなことを言ったら、メアリー姉様が傷つくだろうから内緒にしていた。

ちゃんと僕なりに気を遣っていたんだ。嫌っていたんじゃない。

優しいメアリー姉様は好きだけど、ちょっと不満があっただけ。

メアリー姉様と話さなくなって数ヶ月の間に、家族はおかしくなっていった。

まずカサンドラ姉様が変わった。いつも華やかで僕の憧れでもあったのに、イライラして怒《おこ》りっぽくなった。学園に行く準備に手間取るようになり、カサンドラ姉様が侍女を叱りつける声が毎朝聞こえてくる。

それに家族で話していても自分のことばかりで、僕に話をさせてくれない。

ずっと我慢してきたけど、この前とうとう怒《いか》りをぶつけてしまった。

怒鳴《どな》るのは良くないと分かっていたけど、今までと違って誰も僕の気持ちを汲んで助けてくれないし、そうするしかなかったんだ。

僕の気持ちをすべて話せば、みんながカサンドラ姉様を窘《たしな》めて、僕の味方をしてくれると信じていた。

それなのに手を差し伸べてくれたのは、僕がずっと無視しているメアリー姉様だけだった。

どうして父上も母上も兄上も、何も言ってくれないの！

僕を助けてくれないの！

どうしてみんなが変わってしまったのか分からなかった。

両親たちから見捨てられたようでとても辛《つら》かった。

それでも、家族から無視されているメアリー姉様の手を取るなんてできなかった。

手を差し伸べられたのは嬉しかったけど、……なんか悔しかった。

慰《なぐさ》めてもらうということは、無視されているメアリー姉様より自分が下の存在になるような気がしたのだ。

メアリー姉様が、僕をさらに惨《みじ》めな存在にする。

僕は可哀想《かわいそう》なんかじゃない！

やめてよ、違うんだから！

差し出されたメアリー姉様の手を思い切り叩いた。そして、睨《にら》みつけた。

あっ……ぼ、僕、そんなつもりじゃ……

メアリー姉様の悲しそうな表情を見て、すぐに後悔した。

けれど気まずさから、カサンドラ姉様に怒《いか》りをぶつけることで誤魔化《ごまか》した。

延々と続く醜い言い争い。

メアリー姉様以外の他の誰かが手を差し伸べてくれたら、素直に手を取る準備はできていた。

誰でもいいから、助けて。

「カイト、気にするな」って言って頭を撫でてよ、父上。

母上、いつもみたいに優しく抱きしめてよ。

兄上「大丈夫だ」って言って味方をしてよ。

目の前にいる優しい両親も頼りになる兄上も、何もしてくれなかった。

どうして？　僕が何か悪いことでもしたの……？

十歳の僕が十八歳のカサンドラ姉様に口で勝てるはずもなく、最後は『ごめんなさい』と無理矢理言わされた。

『謝ることができて偉いぞ』

『カイト偉いわ。それにカサンドラが許してくれて良かったわね。やっぱり姉弟は仲良しなのが一番だわ』

悔しくて下を向いたままの僕を見て、父上と母上は褒めてくれる。

僕がこんな思いをしているのに、どうして二人はあんなに嬉しそうな顔をしているんだろう。

そんな顔してほしくなかった。

『頑張ったな、カイト』

兄上はそう言って頭を優しく撫でてくれたけど、僕がその手を求めていたのは今じゃない。

両親と兄上の態度が気持ち悪く感じられた。

それは、まるでボタンをかけ違えてしまっているような違和感。

僕が怒《おこ》ったのは悪かったけど、言い分は間違っていなかった。それなのに両親や兄上は、カサンドラ姉様と仲直りした結果だけを見ている。

どうして……？　僕は訳が分からず混乱していた。

唯一、味方してくれたメアリー姉様の姿を捜すが、いつの間にか出ていったようでいなかった。

そのあとも些細《ささい》なことでカサンドラ姉様と揉めることが続き、勇気を出して両親に相談してみた。

でも『カサンドラは婚約解消して大変だから仕方がない』と言うだけで何もしてくれない。それどころか『もっと優しい気持ちを持ちなさい』と叱られてしまった。

はぁ、優しいか……

思わず溜息が出てしまう。

……そういえば、メアリー姉様はいつでも優しかった。

それが当たり前だったから、優しいだけだと、心のなかで馬鹿にしていたのを今は少し後悔している。

無性《むしょう》にメアリー姉様が恋しくなったけど、今さらどんな顔をして話しかければいいのか分からなかった。

それにこの前あんな酷《ひど》い態度をとったから、きっとメアリー姉様は僕を嫌いになっているはずだ。

メアリー姉様から話しかけてくれればいいなと思っていたけど、そんな奇跡は起きなかった。

それまでは毎日楽しく過ごしていたのに、僕は考え込むことが多くなっていく。

そして最近のメアリー姉様は、ますます輝いて溌溂《はつらつ》としている。

いいなぁ、今のメアリー姉様。

なんだか別人みたいだ。

対照的に、僕の自慢だった家族はどんどんおかしくなっていく。

家族と一緒にいる時間がどんどんつまらなくなってきたから、天気がいい日は庭に出て、ひとりぼっちで時間を潰すようになっていった。


それから数日後。

庭でブランコに乗りながら考えていると、執事がやってきた。

「カイト様、お茶の時間ですよ」

家族みんなでお茶をするのは、我が家の決まりだ。

それはメアリー姉様が抜けても続けている。

だが、最近は苦痛でしかない。

ちっとも前みたいに楽しくないのに、母上はやめようとはしない。

チェッ、もうそんな時間か。嫌だなー。

思わず、舌打ちをしてしまう。

僕の気持ちは顔に出ていたようで、執事が心配そうに尋ねてくる。

「カイト様、何かお困りごとですか」

「最近みんながおかしいんだ。お茶の時間は楽しい会話にならないし、前と違ってイライラしてばっかりいる。どうしてだと思う？」

「メアリー様が、家族から離れているから仕方がないのでは……」

答えなんて期待していなかったけど、返ってきたのは予想外の言葉。

「メアリー姉様？　意味が分からないよ。だって近くにいないんだから、何もしていないはずでしょう？」

この件と一番関係がないメアリー姉様の名前が執事の口から出てきたことを疑問に思う。

「カイト様、会話は一方的に話すばかりでは成り立ちません。以前ご家族で楽しい会話が成り立っていたのは、メアリー様が聞き役に徹し、みんながちゃんと話せるように気を配っていたからではないでしょうか。それに自分ひとりでやっていると思っていることでも、誰かの助けを借りていることは多々あります」

言っていることがよく分からなくて僕が首を傾《かし》げていると、執事は話を続ける。

「例えば毎朝カサンドラ様は、身仕度《みじたく》で手一杯でしたので、見兼ねたメアリー様が学園へ行く準備を手伝うようになり、いつしかそれが当たり前になっておりました。ただ今はメアリー様のご厚意がなくなったので、カサンドラ様がすべて自分でやらなくてはいけなくなり困っているようです。その他にも、メアリー様がいないことの影響がいろいろとあるようですね」

しみじみと執事は話す。

えっ？　家族のなかで一番大人しいメアリー姉様がそんなことをしていたの？

僕は、全然知らなかった。

メアリー姉様がいないから、こんな変なことになっているの……？

それなら、家族はどうなるの？

どうすればいいの？　大切な家族が壊れてほしくない！

頭のなかは疑問と不安でいっぱいになっていく。

「メアリー姉様に早く元に戻ってくれるように頼んでみた方がいいかな……？」

解決の近道は、前のようにメアリー姉様に家族の輪のなかに戻ってきてもらうことだ。

そう思って、執事に告げる。

「それはどうでしょうか……カイト様は、本当にそれが正しいと思いますか？」

執事は逆に質問をしてくる。

えっ、正しい？　そんなのは、分からないよ。

でも、何かしなくてはいけないよね？

一生懸命に考えてみるけど、どうすればいいか分からない。

「……それでいいのです」

執事は考えている僕を見ながら満足そうにそう言うと、僕を居間へと連れていき、肝心なことは結局答えてくれなかった。

モヤモヤした気持ちを抱《かか》えながら会話ができるはずもなく、お茶を飲むふりをして家族の様子を観察してしまう。

……あれっ？

変わったと思っていた家族の言動は、あまり変わっていなかった。

でも、メアリー姉様がいたらこうなっただろうと思う場面が多くあることに気がつく。

いつもメアリー姉様は、会話の間を上手《うま》く繋いでいた。優しい相槌《あいづち》で聞いてくれることが当たり前だった。

今はそれが足りないから、会話が上手《うま》くいかなくて楽しくない。

他の家族は気を遣わずに、自分を前面に出している。

もちろん僕も。

……執事が教えてくれた通りだった。

家族が変になったのはメアリー姉様がいなくなったからだ。

分かったけど、どうしていいのか分からない。

メアリー姉様に助けてもらいたい。

けど、それが良くないことなのは執事の言葉からなんとなく分かる。

これからどうなるのかな……

僕は悲しい気持ちになったけど、今泣いても誰にも分かってもらえない気がして泣けなかった。

第七章　秘めたる想い

姉が婚約解消されてから半年が経った。

いまだに新しい婚約者は決まっていない。

婚約解消直後は第二王子の我儘《わがまま》の被害者であり、社交界の華と言われるほど美しい伯爵令嬢ということで、高位貴族からの申し込みが多くあった。

でも姉が迷っているうちに、可哀想《かわいそう》な被害者から妹の婚約者と恋仲になっている令嬢へと評価は変化していった。

そもそも貴族の結婚は、ほとんどが政略的なもので、メリットがなければ申し込みはしない。

姉とギルバート様の仲睦《なかむつ》まじい姿は相変わらずで、誰も悪い噂《うわさ》がある令嬢などと婚約したがらなかった。

いつしか申し込みは爵位を継ぐことのない下位貴族の次男や三男からだけになり、姉や両親が困惑しているうちに時間だけが無情にも過ぎていく。

時折、部屋から漏れ聞こえてくる姉の泣き声と両親の宥《なだ》める声で、私は状況を察していた。

一方私は家族と向き合い、自分を偽《いつわ》ることをやめたときからどうするべきか考え続けていた。

家族に頼らず自分の手で幸せを掴もうと決めたけれども、貴族という狭い世界しか知らない私は具体的にどうすればいいのか分からない。

とにかく自分にできることから始めようと、勉学に励みながら可能性を探っていく日々。

はっきりとした目標がまだ見えなくても、変わっていく自分自身を感じられるのは嬉しかった。

一歩一歩、前に進んでいることが自信に繋がっていく。

今まで気になっていたことが気にならなくなり、雑音は聞き流せるようになる。

周りを見る自分の目が良い意味で変化していった。

そんな充実した日々を過ごしているときに、生徒会活動を通して私は新たな世界を知った。

……それは平民としての生き方。

気持ちを偽《いつわ》って生きていた自分とはまるで真逆だった。

無性《むしょう》に惹きつけられ、もっと知りたいという思いが自然に湧き上がってくる。

それから私は、平民の生活について積極的に学び始めた。

最初はマーサに協力してもらい、城下町のルールや気をつけなくてはいけないことを教わる。

平民の常識を知らない私は覚えることがたくさんあったけれど、大変だとは思わなかった。

一歩一歩前に進んでいる気がして、楽しくて仕方がなかった。

暫《しばら》くすると、マーサから嬉しい言葉を告げられる。

『もうメアリーに教えることは何もないわ。危ない裏道に足を踏み入れずに、ここの住人ですって感じで自然に振る舞えば大丈夫よ』

『マーサにそう言ってもらえて安心したわ。これからは、ひとりでいろいろ見て回るわ。今までありがとう。それとこのことは、誰にも内緒でお願い――』

『もちろん誰にも言わないわ。メアリーは、友達だもの』

彼女はそう言って、微笑《ほほえ》んだ。

マーサには感謝してもしきれない。彼女のおかげで貴族の常識しか知らなかった私が、新しい世界へと一歩を踏み出す勇気を持つことができたのだ。

それから休日などは、時間が許す限りこっそりと城下町に足を運ぶようになった。

家族との距離が、私に自由な時間を与えてくれたのだ。

買い物をしたり、顔見知りになった花屋で休日の短時間だけ手伝いをさせてもらったりと、とにかくなんでも経験できることはしていく。

そしてもっと知りたいという気持ちが、ここで生きていきたいという思いに変わるのに、そう時間はかからなかった。

本当にできる？　すべてを捨てても大丈夫？　考えが甘いのではないの？

貴族社会しか知らない私が、本当に平民としてひとりで生活ができるのか、路頭に迷わないか、仕事や家は見つかるのか……

不安が尽きることはない。

城下町で人々と触れ合いながら、何度も何度も自分に問いかけ続ける。

マーサやエリックには相談しなかった。

きっと優しい彼らなら、私に手を差し伸べてくれると思ったからだ。

だからこそ言わなかった、それでは意味がない。

自分で考え、自分自身で道を切り開《ひら》いてこそ意味がある。

私がほしいのは、与えられた幸せではない。

自分の手で幸せを掴みたい。

新しい世界を知ってから考え続け、私が辿り着いた答えは自分の手で幸せを掴むために足掻いてみたいということだった。

自分が選んだ道で失敗したとしても、きっと後悔はしない、そう思えた。

やらずに嘆くのはもうたくさんだ。

どんな結果になっても、そのときにまた考えて前に進めばいい。

平民になる道を選ぶことに迷いはなかった。

覚悟を決めると、すぐに私は動き出した。

学園を卒業するのを待っていたら、婚約者がいる私は身動きが取れなくなってしまうだろう。

それに私が平民になりたがっているのを両親に知られたら、婚姻自体が早まるかもしれない。

そうなってからでは遅いのだ。

両親を含め屋敷の者たちにも知られないように気を使いながら、平民として生きていく準備を進めていく。

だが、それは予想していた通り簡単ではなかった。

まだ貴族である私が、仕事を探しても雇ってくれるところは見つからない。

自分の甘さを思い知る。

……このまま仕事が見つからなかったらどうしよう。

私は自由になるために、ここで生きていきたいのに。

諦めたくない。

そんな不安にかられながら、無情にも時間だけは過ぎていく。

誰にも相談できず焦《あせ》りが生まれる。

ひとりで悩みながら、いつものように花屋のお手伝いをしていると、私の肩を叩きながら声をかけてくる人がいた。

「なんだいメアリー、その顔は！　客商売なんだから、もっと明るくしないとだめだよ。ほら笑った、笑った。笑う門には福来るなんだからね！」

豪快な口調でそう言うジャイナさんは、怒《おこ》っているわけではない。その証拠に大きく口を開《あ》けて笑っている。

この花屋をひとりで切り盛りしている女主人である彼女の年齢は不詳だが、その逞《たくま》しさと面倒見の良さで周りからはジャイナの姉御《あねご》と呼ばれ慕われている豪快な美人さんだ。

数ヶ月前に飛び込みで『ここで社会勉強させてください！』と言った私のことを『なんだいいきなり⁉　でも面白い子は好きだよ』と笑って受け入れてくれた優しい人。

私の事情を話したあとも、ジャイナさんは変わらずにいてくれた。

「はい、すみません！　私ったらぼうっとしちゃって……気をつけますね」

「ああそうしておくれ。手伝いだって、立派な戦力なんだからね。でもあんたがそんな暗い顔をしているなんて珍しいね。どうしたんだい？　何か悩みごとだったら聞いてやるよ。こちとら恋愛話以外ならなんだってどんとこいだからね。ほら、ジャイナの姉御《あねご》に話してごらん。楽になるよ！」

ジャイナさんは胸をドンと叩きながらそう言ってくれる。

迷いはあったけれど、誰にも言えずに悩んでいた私は話してみたくなった。

解決できるとは思わなかったけれど、吐き出すことで焦《あせ》る自分を落ちつかせたかったのだ。

「なんだい、メアリーはつまらないことで悩んでいるんだね」

悩みを告白した私に、彼女は直球な言葉を返す。

「つまらなくなんてないです！　だって仕事と住む場所が見つからなかったら、先へは進めないんですから……」

真剣に考えているのにそう言われて、ついムキになってしまう。

でも私にとっては、重要なことだ。もし仕事や家が見つからなかったら、このまま貴族でいなければならない。それは自由になれないということだ。

「仕事と住む場所が見つかればいいんだろう？　この花屋が住み込みの従業員を募集してるって、店の前に貼り紙を出しているじゃないか。メアリーだって知っているだろう？もし平民になったらここで働けばいいさ、それともここじゃ嫌なのかい？」

ジャイナさんの言葉に飛びつきたくなるが、貼り紙には力仕事のため男性の従業員募集とあったはずだ。

ちらりと貼り紙に目をやり、その文言が前と変わっていないことを確認する。

「ここで雇ってもらえたら嬉しいです。でも男性を募集していますよね？　……本当に、私でいいんですか？」

願ってもない申し出にはやる気持ちを抑えて、おそるおそる尋ねてみる。

「いいんですか？　じゃないよ。あんたこれから平民になるんだろうっ。もっと逞《たくま》しくおなり！『力仕事だって、なんだって頑張ります。雇って後悔なんてさせません、私これでもムキムキなんです』ってくらい強気でいかないとね。大丈夫、ちょっとくらい大袈裟《おおげさ》に言っても、神様は怒《おこ》りゃしないよ。どうしても気になるなら筋力トレーニングでもして、自分で言ったことを本当にしたらいいのさ。ほら言ってみな、メアリー」

そう言ってくれたジャイナさんの表情には同情も憐《あわ》れみもなく、あるのは城下町の人たちが持つ温かさだけ。

それが無性《むしょう》に嬉しくて泣きそうになるけれどなんとか堪《こら》える。

今は泣くときではない。ちゃんと言うべきことが私にはある。

「ぜひここで働きたいです。力仕事も一生懸命頑張ります。今はちょっとしか筋肉はありませんが、絶対にムキムキの看板娘になってみせます！　よろしくお願いします、ジャイナさん」

「よく言った、その意気だ。メアリー、ムキムキはともかく看板娘になってくれるのを期待しているよ」

私の肩をバシバシと豪快に叩いてくるが、その手はとても優しかった。

「あ、ありがとうございます！　ジャイナさん、うっう……」

平民になったあとの働き先が見つかり、思わず嬉し泣きをしてしまう。

「こき使う予定なのに、泣いて喜ばれるなんて困ったね」

そう言うジャイナさんも笑いながら目を潤ませていた。彼女の懐《ふところ》の深さに、私は希望を繋ぐことができた。

時間はかかったけれど、平民になる準備がすべて整ったのだ。
あとは大勢の前で、平民になることを告げれば終わる。
公《おおやけ》の場で自ら宣言すれば既成事実《きせいじじつ》となり、両親はなかったことにはできないはずだ。
そして私が選んだ運命の日は、一週間後に迫った卒業式。
その日は保護者も参列するため、大勢の貴族が集まる。
生徒会役員は、在校生代表として参列ができる。
式が終わった直後に、壇上に上がって宣言をするつもりだ。
きっと上手《うま》くいくはず。
この決意は、ジャイナさん以外には誰にも話していない。
決心が揺らぐからではなく、自分の手で最後まで成し遂げたいからだ。
……平民になれば、学園も去ることになる。
あと数日で、私の学園生活も終わるのだ。

それから四日経ち、いよいよ卒業式が迫る。
式の進行などは生徒会に任されており、今は準備で大変忙しい。
エリックやアトナ殿下たちは卒業する側なので、今回ばかりは迷惑をかけられない。

私たち下級生が頑張るしかないのだ。

ただみな慣れないことなので、なかなか準備が捗《はかど》らない。

それをどこで耳にしたのか、いつの間にかエリックが生徒会室に顔を出し、率先して手伝ってくれている。

「……エリック、本当にごめんなさい。三年生は忙しい時期なのに、迷惑をかけてしまって申し訳ないわ」

「全然迷惑じゃないから、気にしないでいいよ。俺って非常に優秀だから、面倒くさいことはすべて終わっているから暇なんだよねー。だから後輩と過ごせるのは嬉しい。こんな時間を一緒に過ごせるのも、あと数日だけだから貴重だしね～。あー、メアリーの可愛い顔をこれからは気軽に見られないなんて辛《つら》いな。俺、留年すれば良かったかも。全力で試験を受けて、学年首位になったのを後悔する日がくるなんて思わなかったー」

相変わらず軽い調子でエリックはそう言ってくる。

けれど、彼の言っていることは誇張ではなく事実だ。

通常、平民の三年生はより好条件の就職先を見つけようと、卒業式直前でも忙しく活動している。

だが三年間、最優秀生徒を保っていたエリックは王宮の文官として早々に就職が決まっていた。

彼はサルーサ商会の長男なのに家業を継がず、文官としての道を選んだのだった。

あれほど大きな商会を継がずに、何百倍の倍率といわれるほど狭き門である王宮文官を学園から近いからという理由で受け、そのうえ見事に合格したエリックには苦笑いするしかない。

……全《まった》くすごい選択をさらりとする人ね。

でも努力を怠らないからこそ、できることだわ。

エリックって予想外な行動をする人だけれど、やっぱり尊敬できる。

以前彼が実家を継がず学園の近くの職場にすると聞いたときは、まだそばにいてくれると分かって嬉しかった。

でも最近になって、エリックの大切な人が誰なのか気になっている。

ひと言聞けばいいだけなのに、それができない。

もし誰か分かったら、彼の前でいつものように笑える自信がなかった。

彼はただの友人なのになぜだろう……

こんな感情を抱《いだ》く自分に戸惑いを覚えるが、忙しさを言い訳にして考えないようにしながら、エリックと卒業式の準備を進めていく。

すると突然、ノックもなく生徒会室の扉が開《ひら》き、ギルバート様と姉が入ってきた。

ギルバート様は私とエリックを見るやいなや、顔を歪《ゆが》めて軽蔑《けいべつ》の眼差《まなざ》しを向けてくる。

そして怒《いか》りを隠そうとせずに、私を責め始めた。

「最近我が家に来ず、私が誘っても出かけないくせに、こんなところで男とコソコソと会う暇はあるようだな。カサンドラが教えてくれなかったら、君が生徒会活動で本当に忙しくて会えないんだと騙されたままだったよ！　メアリー、一体これはどういうことなんだ！　君は私の婚約者なんだぞ」

彼の言葉を聞いて、私は頭が痛くなる。

最近ギルバート様の屋敷に行ってないのは事実だ。

しかし、彼が不在のときには行かないとマドール伯爵家には連絡して了承を貰っている。

そもそも彼は休日は姉と出かけているので、いつも屋敷にはいない。私が行く時間がないのではなく、実際は彼がその時間を作らないのだ。

ギルバート様がお姉様と出かけることを選んでいるのに、私のせいにするの？

はぁ……それはおかしくはないかしら……

それに近頃、ギルバート様から誘われることは全《まった》くない。

勝手なことを言ってくる婚約者への苛立《いらだ》ちを募《つの》らせながら、私は尋ねる。

「ギルバート様、誘っても私が断っているような言い方をしていますが、最後に私を誘ったのはいつだったか覚えていますか？」

まさか私から質問されると思っていなかったのか、彼は少し狼狽《うろた》える。

「……そ、それは最近だ。日付までは覚えていないが、確か先週ぐらいだったか。メアリー、そんな細かいことは重要ではない。君がいつも俺の誘いを断っているのが、問題なんだ。はぐらかそうとしないでくれ！」

ギルバート様が怒《おこ》っている様子から察すると、私を誘っていないことを自覚していないようだ。

それとも彼の記憶のなかでは、姉を誘っている事実が、勝手に婚約者を誘っていることになっているのだろうか。

姉と婚約者を混同しているなんて、笑ってしまう。

私は苛立《いらだ》ちが込み上げてくるが、彼の怒《いか》りにつられないように息を深く吸い込み冷静に告げる。

「私が最後にあなたに誘われたのは三ヶ月以上前です。それも『姉と出かけるけど一緒にどうか』とおまけのように声をかけられました。そのときは確かに体調が悪かったので断りました。ですが、あなたは『分かった、お大事に』と言って、体調の悪い私を残して姉と出かけていきました」

私がそう言うと、ギルバート様は目を見開《みひら》き驚きの表情を浮かべる。

本当に自分に都合よく忘れていたようで、思わず呆《あき》れてしまうが、私はさらに話し続ける。

「覚えていませんか？　きっと忘れてしまうほど、どうでも良いことだったのでしょうね。そしてそれ以降、誘われたことは一度だってありません」

きっぱりとギルバート様に事実を突きつける。

「……誘おうとは思っていたが、いろいろと忙しくてタイミングが合わなかったんだ」

彼の声は先ほどと違って小さくなり、目も泳いでいる。

きっと私に指摘され、自分が誘っていなかったことをようやく思い出したのだろう。

「確かにギルバート様は、お忙しかったのでしょうね。毎週のように姉を元気づけるために二人で出かけていたのですから。ですが、姉の送迎の度《たび》に我が家を訪れていましたよね？　私に会おうと思えば、いつでも簡単に会えたはずではありませんか？」

口調は穏やかだが、普段の私とは違ってあえて辛辣《しんらつ》な言い方をした。

ギルバート様は私が婚約者だということすら、うっかり忘れていたのだろうかとも思ってしまう。

さらに私は、彼を問い詰める。

「先ほど騙されたと言っていましたが、なんのことでしょうか。確かに、生徒会活動が忙しいのは事実ですが、それを理由にギルバート様と会うのを断ったことは一度だってないはずです。そもそも最近は、話をすることもありませんでしたよね。それなのに、私がどうやって騙すというのでしょう？　誰かから何かを聞いてギルバート様が勝手に思い込んだとしても、私が騙したことにはなりません」

「……」

彼は唇を噛みしめたまま姉のほうをちらりと見る。

その姿を見て私はすべてを察した。

……お姉様なのね。

私はギルバート様に寄り添うように隣にいる姉を見つめる。

はぁ、お姉様は何がしたいのかしら……

姉は、私がここで誰と何をしているのかちゃんと知っているはず。

というのも朝食の席で私は両親に『生徒会役員たちと卒業式の準備をしているから、暫《しばら》く帰宅は遅くなります』と一応事前に伝えていた。

姉に向かって伝えたわけではないが、その場にいたので聞いていないはずがない。

それなのに姉はギルバート様に、私の帰宅が遅いと断片的な情報を与えたのだろう。

必要なことを伝えずに、誤解するような言葉だけを伝えたのは想像できる。

それゆえ彼は良からぬことを想像して、私と一緒にいるエリックとの関係を短絡的に誤解したのだ。

昔から深く考えない姉の言動は無神経だったけれど、悪意はないはずだった。

でも今回は度を越している。

重苦しい空気が漂うなか、姉が口を開《ひら》く。

「私もギルバート様も、可愛いメアリーのことが心配なだけなの。それをどうか分かってちょうだい」

声を震わせ心配している表情で、目を潤ませながら姉は私を見つめる。

その姿は、純粋に妹を心配する儚げで美しい姉にしか見えない。

ギルバート様も、そう信じ込んでいるのが伝わってくる。彼は今、目の前にいる婚約者ではなく姉しか見ていない。

「……カサンドラ、ありがとう」

ギルバート様は感動した声でそう呟《つぶや》き、励ますようにそっと姉の肩に手を置く。

美しい姉が、道を踏み外《はず》しそうな妹を必死に止めるという場面に二人が酔いしれているのが分かる。

彼らにとってはそれが真実なのだろうが、だからこそ質《たち》が悪い。

二人の茶番にこのまま付き合う義理はなく、私は冷静に告げる。

「ギルバート様、お姉様から何を聞いたのか知りませんが、いろいろと誤解しているようですね。これにはちゃんと理由があります。まずは――」

「謝らずに誤魔化《ごまか》す気だな！　ああ、よりにもよってこんな卑《いや》しい平民なんかと。メアリー、最近の君はおかしい。家族に辛《つら》く当たっているようだし、私とも距離を置いている。当て付けなのか？　君の行為は淑女《しゅくじょ》としてあるまじきものだぞ、分からないのか⁉」

私の冷静な態度が気に食わなかったのか、それとも儚げな姉の姿に触発されたのか、ギルバート様は再び興奮した様子で私の言葉を遮《さえぎ》る。

しかし、彼の言葉には何ひとつ正しいものはなく、私は全《まった》く理解ができなかった。

そもそもエリックが平民だからと蔑《さげす》むなんて許せない。

ギルバート様が自分の行動を棚に上げて、エリックを非難するのは納得がいかない。

なんて勝手な人だろう。

ギルバート様がエリックより優れていることがあると言うのだろうか。

そう心のなかで思いながら、私は無言という手段で彼に答える。

そんな黙ったままの私に、彼はさらに苛立《いらだ》ちを募《つの》らせて声を大きくする。

「カサンドラは、毎日遅く帰ってくるメアリーが心配でたまらずに、私に相談してきた。そんな優しい彼女に、君は迷惑をかけているんだ。それに婚約者がいながら男と二人きりでコソコソと会うような妹がいるから、いまだにカサンドラが良縁に恵まれないんだぞ。不適切な行動をする身内がいると分かっていては、良識ある者は縁談など申し込まないからな。カサンドラを苦しい立場に追い込んでいるのに良心が痛まないのか⁉︎はっ、見損なったよ！」

支離滅裂《しりめつれつ》で、一方的な罵倒をされる。

ギルバート様が見たのは、卒業式の準備をしているところで、逢瀬《おうせ》なんかじゃない。

それに婚約者がいながらと言うが、それはギルバート様のほうだ。

良縁がないのも、私というより二人の親密すぎる姿が原因ではないのか。

気づいてないの？

それとも分かっているのに、私に責任転嫁《せきにんてんか》しようとしているの？

そう告げようとしたとき、姉がギルバート様の袖《そで》を引き、悲しげな表情を浮かべた。

「ギルバート様、私なら大丈夫ですからそんなにメアリーを責めないであげて。今は可《か》哀想《わいそう》なメアリーのことを一番に考えてあげましょう。姉である私は、妹のためなら犠牲になってもいいの」

「ああ、カサンドラは相変わらず優しいな。妹思いで、君のような姉がいるメアリーは本当に幸せ者だ。それなのにメアリーはどうして……」

ギルバート様はそう言って姉をたたえ、私を睨《にら》みつける。

その瞬間、姉の口角が一瞬上がった。

それは妹を心配している顔ではなかった。私が貶《おとし》められて喜んでいる、そんな表情だった。

……お姉様、本当に私の心配をしているの？　それとも自分が優位に立つ手段？

何を信じていいのか、どんどん私は分からなくなっていく。

可哀想《かわいそう》なメアリーという言葉に、姉の本心が表れている気がした。自分より惨《みじ》めな妹が必要なのだろう。

私のなかで疑問は確信に変わり、思わず溜息を吐く。

二人のくだらない茶番は、もうどうでも良かった。勝手にしてほしい。

そう思うだけで、それ以上の感情はない。

悲しいとか辛《つら》いなどという感情は湧いてこない。

そんなことを思う価値もない。

勝手に誤解して、暴走しているギルバート様に説明する気すら失せる。

姉に踊らされている被害者かもしれないが、彼自身が招いたことなので同情もできない。

そのとき、エリックが口を開《ひら》いた。

「俺はエリック・サルーサだ。君は三年のギルバート・マドールで合っているかな」

その口調は普段の明るい彼とは違った。今まで聞いたことがない冷ややかで淡々としたもので、人を威圧するような話し方だった。

エリックに気圧《けお》されて、ギルバート様は返事ができずにいる。

そんなギルバート様に構わずエリックは続ける。

「ギルバート、勝手に生徒会室に乱入して、一方的に怒鳴《どな》りつけて何様のつもりだ。生徒会役員の俺とメアリーは、ここで卒業式の準備をしている。コソコソ会っていると言っていたが、堂々とやるべき仕事をしているだけだ。勝手に邪推して、彼女を貶《おとし》めるなんて愚かにもほどがある」

そう言いながらエリックは、ギルバート様と姉に鋭《するど》い視線を向ける。

「それに、カサンドラ・スパンシーに良縁がこないのはメアリーのせいだと？　何を馬鹿なことを言っているんだ」

ギルバート様は、何も言えずに黙ったままでいる。

「良縁がこない正しい理由を教えてやろう。君たちが不適切な距離でベタベタしているからだ。……ああ勘違いしないでくれ、これは勝手な邪推ではなく、見たままの事実だ。学園に在籍している者なら誰だって知っている。だから婚約の申し込みがないんだ。当然だな、誰だって不適切な行動をする者は敬遠する。ほら今だって、君たちはぴったりと寄り添っているじゃないか。それが婚約者の姉との適切な距離だと胸を張って言えるのか？」

エリックの言葉はすべて事実のみで、誇張や偽《いつわ》りは一切ない。

そう指摘されてギルバート様は慌《あわ》てて姉と少し離れるが、今さら距離を取ったところで今までの行いが消えはしない。

さらにエリックの容赦ない指摘は続く。

「カサンドラがメアリーを心配しているだと？　一緒に暮らしているのだから、直接メアリーに聞く機会がいくらでもあるだろう。そんなに心配しているのなら、親には相談しているのか？　そうだとしたら心配した親から、学園に問い合わせのひとつぐらいありそうだが、それもないな。わざわざ妹の婚約者の袖《そで》に縋《すが》って、心配する必要はどこにあるんだ？　おかしいとは思わないのか。……本当に心配しているのか怪しいものだ」

私の言いたかったことをエリックは躊躇《ちゅうちょ》なく二人に言ってくれた。

彼から感じるのは、ギルバート様たちに対する強い怒《いか》りと私への信頼。

こんな状況なのに、そのことを嬉しく思ってしまう私がいる。

そのとき、姉が口を開《ひら》いた。

「で、でも、いつもメアリーは家では家族を無視していて話せないの。だから、学園で話すしかなくて……。あっ、ごめんなさい。メアリーがそんな態度をとっていると、外で言うつもりはなかったのに私ったら配慮が足りなかったわ。……悪かったわメアリー、本当にごめんなさいね。許してちょうだい、そんなつもりはなかったの……」

涙を流し謝る姉はその場に膝《ひざ》から崩れ落ち、ギルバート様は姉を庇《かば》うように支える。

……はぁ、またなのね。

いつかの再現のような場面に、私は呆《あき》れるしかなかった。

意地悪な妹の仕打ちに、優しい姉が健気《けなげ》に耐えているような状況を作り出す。

ここが我が家なら、そんな三文芝居《さんもんしばい》を家族が見事に盛り上げる。

でも、ここで姉を妄信しているのはギルバート様だけだ。

それに公平に見てくれるエリックがいる。心強い味方の存在が私に勇気をくれる。

以前のように悪者にされて終わるつもりはない。

私は姉の目を真っ直ぐに見つめ、言葉を濁すことなく問いかける。

「お姉様、それは何に対する謝罪なの？　ギルバート様が、誤解するように仕向けたことに対してかしら？　それとも家族が私を無視しているのに、私が家族を無視していると嘘を吐いたこと？　いつものように曖昧《あいまい》に終わらせて、誰かを悪者にするのではなく、ちゃんと教えてちょうだい」

……誰かとはもちろん私のこと。

私の口から出た言葉は辛辣《しんらつ》で、自分で驚いてしまう。

姉も驚いたようで、信じられないものを見るような表情をする。

だがすぐに目を吊り上げ、その表情は怒《いか》りに取って代わる。

「いい加減にしてちょうだい！　私は誤解するように仕向けていないし、嘘も吐いていないわ。私に濡れ衣を着せて陥《おとし》れようとしているのね。両親から愛されない可哀想《かわいそう》な子だから、いつも優しくしてあげていたのに……。婚約者からも愛されていないから、心配してあげていたのよ！　優しい姉でいてあげている私に、こんな仕打ちをするなんて許せないわ」

怒《いか》りに震える姉の口から出てきたのは、紛《まぎ》れもない本音だった。

その表情は鬼気《きき》迫るものがある。

こんな姉を見たのは初めてだ。家族の前でさえ、こんな態度を晒《さら》したことはない。

……自分が優位に立っていたからこそ、姉は今まで私に優しくしていたのだろう。

可哀想《かわいそう》な妹は愛せるが、幸せな妹は必要ないらしい。

昔から家族の中心が姉の居場所であり、脇役になったことはない。それが理想の家族のなかで彼女のあるべき姿だった。

ある意味、姉も理想の家族にしがみつく両親の被害者なのかもしれない。

それを思うと複雑な気持ちになるけれど、姉がやっていることは到底許せることじゃない。もう子どもじゃないのだ。

隣にいるギルバート様は、姉の変容ぶりに困惑を隠せないでいる。

だが唯一エリックだけは、こんな様子の姉を前にしても驚いていないようだ。

「ぷっ、被っていた猫がいっせいに逃げちゃったか。あまりに酷使するから、猫たちの職場放棄だな。まあ当然だな～。くっ、く……」

そう呟《つぶや》き、一生懸命笑うのを堪《こら》えているようだ。

その様子を見て、以前生徒会役員の間で姉の話題になったときのことを思い出す。

ギルバート様との噂《うわさ》はともかく、社交界の華とたたえられるほどの美しさを否定する者は誰もいなかった。

だがそのときに意見を求められたエリックだけは、ちぐはぐな言葉を返していたのだ。

『カサンドラはなかなかの猫好きだと思うな、きっと学園一かもな～』

みんながその答えに首を傾《かし》げるなか、エリックはひとりでお腹を抱《かか》えて笑っていた。

……きっと彼は姉の本性をすでに見抜いていたのかもしれない。

だから今も驚いていないのだろう。

エリックの飄々《ひょうひょう》とした態度のおかげで、私は力が良い具合に抜け、姉に怯《ひる》まずに話を続ける勇気が湧く。

「私とお姉様、どちらが正しいのか証明はできません。でも、ちゃんと公平に見れば真実は分かるでしょう。ですが人は信じたいものを信じる生き物ですし、それが真実だと言い張るのなら、もう私にできることはありません。……二人とこれから関わりたいとも思いません。これが私の気持ちです」

これは姉とギルバート様に向けた最終通告。二人が過《あやま》ちを認めるのなら、謝罪は受け入れるつもりだ。

でも、この意味さえ分からずに態度を改めないのなら、もう二人との絆は完全に切れるだろう。

僅《わず》かな情しか残っていないが、それでも彼らが正しいほうを選択することを望まずにはいられない。

彼らのことを大切に想っている人たちのためにも間違ってほしくない。

そう強く願いながら、姉を真っ直ぐに見つめる。

「……一体、メアリーは何を言っているの？　自分が正しいって、何ひとつ証明できないじゃない。私が嘘を吐いていると言ったけど、メアリーこそ、そうじゃないかしら。自分に都合良く解釈して……。私が正しくてあなたが間違っているのよ、メアリー」

姉はそう言い捨てると、勝ち誇った表情を浮かべた。

そこには後ろめたさや後悔は一切ない。

そのあとに、ギルバート様も続けて話し出す。

「と、とにかくどっちの言い分が正しいか分からないのなら、年上であるカサンドラをこの場では立てるべきだろう。なあメアリー、今はとりあえずそれでいいじゃないか？　姉妹なんだからつまらないことで仲違《なかたが》いは良くない。ちゃんと二人だけで話し合えば、誤解は解けて分かり合えるはずだ。そ、それに平民なんかと二人きりでいた君には明らかに非があるんだ」

彼は私を責める言葉で話を終えた。

私は言葉を返さずにいた。何を言っても彼らに通じないのはもう十分すぎるほど分かっている。

ギルバート様は、早く話を終わらせようと焦《あせ》っているように見える。

それにいつの間にか姉と適切な距離を取っている。

薄々自分の過《あやま》ちと姉のやったことに気づいてきたのかもしれない。

それでも彼は、正しい道に進む機会を掴もうとはしないようだ。もしかしたら、引くに引けなくなっているのかもしれない。

良き婚約者であろうとした、以前の私だったらギルバート様を助ける言葉を口にしていただろう。

でも今は助けるつもりはない。

「ほ、ほら早く一緒に帰ろう、メアリー。きっと帰りが遅いから家族も心配しているぞ。話はあとで、二人でゆっくりしよう」

私の冷たい視線に気づいているはずなのに、彼は私に近づき縋《すが》るように手を伸ばしてくる。

……自分で選んだ道なのだから、私に助けを求めないで。

ギルバート様は、気まずさを誤魔化《ごまか》し、この場から早く去りたいだけだろう。

その手から逃《のが》れるように一歩下がると、エリックが私の前に立って庇《かば》ってくれる。

「まだメアリーは帰れないよ。役員の仕事があるんだ」

「何を言っている！　そもそもお前のせいで、ややこしいことになっているんだ。そこをどけ、平民風情《へいみんふぜい》が偉そうにするな！」

ギルバート様はエリックを睨《にら》みつけながら、侮蔑《ぶべつ》を込めた言葉を吐く。

その見下すような言葉に、私は強い嫌悪を感じた。

だが、エリックは「平民だけは合っているなー」と言って歯牙《しが》にもかけない。

彼らの間にあるのは、身分の違いではなく器の違いだった。同い年のはずなのに、ギルバート様はエリックの足元にも及ばない。

きっとそれはギルバート様が一番感じているだろう。

違いをまざまざと見せつけられプライドが傷ついたのか、カッとなったギルバート様はエリックに殴りかかろうとする。

そのとき、後ろから声がかかった。

「平民風情《へいみんふぜい》って聞こえたけど、学園では身分関係なく平等だという原則を知らないのかな？　確か君は三年生だろう。困ったな、三年も在籍していたのに知らないなんて、生徒会長である私の責任かな……。それにメアリーはまだ帰れない。我々、生徒会役員全員で仕事をやっているんだ。君たちが生徒会室に入ってきたときからずっとね」

そう言ってにこやかに登場したのは、アトナ殿下だった。

実はエリックが来たあとすぐに、アトナ殿下も手伝いに来てくれていたのだ。

彼の後ろには他の生徒会役員の姿もあり、礼儀知らずの乱入者に厳しい視線を送っている。

最初から、彼らは扉がない続きの部屋で作業をしていた。

もちろん私とエリックはそのことを知っていたが、ギルバート様と姉は気がついてなかったようだ。

そのことにやっと気づいた二人は、手のひらを返したように紳士淑女《しゅくじょ》の態度を見せて取り繕おうとする。

「アトナ殿下申し訳ありません。ちょっとした行き違いから声を荒らげてしまいました」

「本当にご迷惑をおかけして申し訳ございません。淑女《しゅくじょ》らしからぬ見苦しい態度をお見せしまして……。ですが、可愛い妹を心配するゆえですので、お許しくださいませ」

二人はなんとか誤魔化《ごまか》そうと必死になる。

だが、すべては今さらだ。

二人ともさっきまで怒《いか》りで赤かった顔は、すっかり青ざめてしまっている。

そんな二人に、アトナ殿下は告げる。

「ここは学園だ。さっき身分は関係ないと言っただろう。私が王族だからと言って、そんなに畏《かしこ》まる必要はない」

殿下の優しい言葉に安堵《あんど》したからか、二人の顔色が少しだけ戻る。

そしてそのまま、アトナ殿下は姉に優しく声をかける。

「君はカサンドラ・スパンシーだね。兄上との婚約解消の件、君に非がないのに本当に申し訳なかった。不肖《ふしょう》の兄上に代わり、私から謝罪させてもらうよ」

第三王子から直接謝罪の言葉を貰い、姉の頬《ほほ》は薔薇色《ばらいろ》に染まる。

「いいえ、アトナ殿下が謝る必要はございません。それにサマオ殿下が真実の愛を見つけたことは喜ばしいことですから、婚約解消に不満はございませんわ」

姉は模範的な言葉を紡いで、微笑《ほほえ》んでみせた。

「そう言ってもらえると思っていたよ。兄上との婚約解消後、すぐに君もそこにいるギルバート・マドールと真実の愛を見つけたようだからね。お似合いな二人だ、私も祝福するよ。あっ、すまない。彼はまだ君の妹の婚約者だから、公《おおやけ》に口にするのは憚《はばか》るべきだったな。私としたことが、君たちの真実の愛に感動して先走ってしまった。まだ秘めたる恋だから、正式に婚約したら改めてお祝いしよう。でも、知らぬ者はこの学園にいないがな……」

その言葉に、姉とギルバート様は狼狽《うろた》える。二人にとって、それは望まぬ言葉でしかなかった。

自分たちの噂《うわさ》は耳にしていたが、姉に婚約者が決まればすべて元に戻ると思っていたからこそ、二人は気にせずに遊んでいられたのだ。

だが、王族の口からそれを肯定されたら、ただの噂《うわさ》ではなくなり、真実という名の醜聞《しゅうぶん》となってしまう。

彼らはここに来たことで、秘めたる恋をしているという噂《うわさ》を不名誉な真実に自ら変えてしまったのだ。

ギルバート様たちの姿を見れば、喜んでいないことがはっきりと分かる。

真実の愛なんて二人の間に存在しない。

いっときの都合の良い相手でお互いに利害が一致していたから、姉を守るという大義《たいぎ》名分《めいぶん》に便乗し楽しんでいただけだったのだろう。

けれど後悔しても、もう遅い。自分たちが選んだことなのだ。

自分で選択した未来の責任を負うのは己自身ということを、嫌というほど痛感しているだろう。

「「お、お待ちくださ――」」

「秘めたる恋を誤魔化《ごまか》すために、二人が騒ぎを起こしたことは目を瞑《つむ》ろう。なにせ周りも見えなくなるほどの真実の愛だから仕方がない。恋は盲目とは、よく言ったものだな。兄上のこともあるから、今回だけは大目に見てやる。ああ、礼なんていらない。気にするな。だがこれ以上、卒業式の準備を遅らせるわけにはいかない。即刻退出してくれ」

姉たちは慌《あわ》てて否定の言葉を口にしようとするが、アトナ殿下は遮《さえぎ》ってそう告げた。微笑《ほほえ》みながら言っているが、王族の言葉は命令と同じ。

第三王子が温和な人物とはいえ、逆らうことは許されない。

流石《さすが》にここに留まるほどギルバート様たちは愚かではない。二人は顔を青ざめさせたまま、深く礼をして退出する。その後ろ姿はふらつき、足取りもおぼつかなかった。

彼らが去ったあと、生徒会役員たちは何も聞かずに、何事もなかったかのように作業を再開する。

そのさり気ない気遣いに、心のなかでそっと頭を下げた。

そして私は、エリックに小さな声で話しかける。

「……エリック、お姉様たちが迷惑をかけてしまってごめんなさい。もっと私がしっかりしていれば、あなたが巻き込まれることはなかったのに、嫌な思いをさせて本当に申し訳ないわ」

「嫌な思い？　大丈夫、あんなのアトナ殿下の嫌味に比べたら、蚊に刺されたようなもんだよ。それに、ごめんなさいはいらないな。俺は巻き込まれたんじゃなくて、君を助けたかったから自分で勝手にやっただけだ。でも、ありがとうなら大歓迎だよー。メアリーがにっこりと笑いながら言ってくれたら、最高なんだけどね～」

「ありがとう、エリック！」

私は彼の要望通り、笑いながらそう言う。

でもこれは演技なんかじゃない。自然に出てきた心からの微笑《ほほえ》みだ。

「うん、やっぱりメアリーの笑顔は最高だな。俄然《がぜん》やる気が出てきたぞ」

彼は私を見て、子どものようにはしゃいでいた。

その姿を私は複雑な思いで見つめる。

彼はいつでも親切だった。

……けれどただの大切な友人で、それ以上の関係にはなれない。

彼に対する自分の気持ちにやっと気がついた。

私にとって初めての恋。

けれど、まだ婚約者がいる身の私がそれを口にすることは許されない。

それに彼にこれ以上迷惑をかけたくもなかった。

彼にとって私は可愛い後輩で友人なだけだ。この気持ちを伝えても、きっと彼を困らせてしまう。

だから気持ちを伝えることはしない。

大丈夫、この片思いは秘密のままでいい。

彼との関係を断つような真似はしたくない。彼を失うくらいなら、エリックのそばで笑っていられる友人の立場を選ぶ。

それが私の選択だ。

友人として彼のそばでいつまでも笑っていよう。

きっとそれならエリックも笑ってくれるはず。

いよいよ三日後には卒業式だ。

すべての準備は整っている、もう前しか見ない。

あとは自分の未来を自分の手で掴み取るだけ。

そう考えていると、大変な卒業式準備が楽しい時間になっていた。

◇　◇　◇

今生徒会室に残っているのは俺――エリックと、アトナ殿下の二人だけだ。

卒業式準備も無事に終わりみな帰宅したので、学園内では禁止されている酒をこっそりと持ち込み、二人で祝杯をあげている。

「「乾杯〜！」」

お互い酒には強く、酔うことは滅多にない。

だが二人とも今日は良いことがあったので、いつもより酒が進み酔いが少し回っている。

「おい、エリック。もっとあの男や女狐《めぎつね》をボロボロにするかと期待していたのに、お前にしては随分《ずいぶん》と手加減していたじゃないか。お前らしくないな、一体どうした。まさかやり過ぎると、優しいメアリーから嫌われると躊躇《ちゅうちょ》したのか？　ふっ、まるで恋する乙女みたいだな」

俺がギルバートたちを全力で潰さなかったことについて、アトナ殿下は揶揄《からか》ってくる。

確かに手加減したが、理由は嫌われたくないからではない。

そもそも俺はメアリーに嫌われない。

……絶対に嫌われない！　死んでもあり得ない。

ったく、縁起でもないことを言うな！

俺は心のなかでそう叫びながら、アトナ殿下に話しかける。

「何を言ってるんですか、違います。今日俺が全力で潰したら、あいつらは再起不能《さいきふのう》になってしまうでしょう。だからあれくらいで止めておいたんです。あいつらに引導を渡す権利があるのは、今まで一生懸命に努力をしてきたメアリーだけで、俺じゃない。それに彼女が完全に踏ん切りをつけて、前に進むためにもそうしたほうがいいんです」

「うわぁ……お前誰なの？　本当にあのエリックか？　誰にでも優しいけれど誰にも肩入れしない、優秀だけれど非情な男エリック・サルーサ。……人は変わるものだな」

「その台詞《せりふ》、殿下にだけは言われたくないですね……」

アトナ殿下はニヤニヤしながら俺を見る。

だが一方的に言われて大人しくしている俺じゃない。酒を飲んでいるのだから無礼《ぶれい》講《こう》だ。

「殿下こそ、あのカサンドラに随分《ずいぶん》と優しかったですね。もしかして美しさにクラッときて、見逃《のが》したんですか？　あっ、もしかしたらカサンドラの次の相手は、第三王子なんて噂《うわさ》がどこからか出るかもしれませんね。そしたらアトナ殿下の婚約者の耳にも入るでしょうね……」

あの女狐《めぎつね》に惹かれることなど百パーセントあり得ないと分かっているが、アトナ殿下の焦《あせ》った顔を見たくてわざと言う。

「なっ、そんな訳ないだろう！　私の婚約者に変なことを吹き込むな。絶対にやめろ。私は彼女ひと筋だ。知っているだろうが！　あの女狐《めぎつね》にあの程度で済ませたのは、お前の愛しいメアリーに配慮したからだ。あんな姉でもまだ家族だからな。あそこで捻り潰したらメアリーに迷惑がかかるだろう」

アトナ殿下の口から出た言葉に嘘はない。

さらに自分の婚約者にしか関心がない彼にしては、メアリーのことを気に入っているようだと分かる。

きっと先日、婚約者についての相談をメアリーにしたことがきっかけだろう。

以前アトナ殿下は愛する婚約者を喜ばせたくて、豪華な贈り物を立て続けにしていた。しかし彼の婚約者は『もったいないのでもうやめてください』と言ったらしい。

その結果、アトナ殿下は何をしたら彼女が喜ぶのかと真剣に悩むことになる。

頭を抱《かか》えているアトナ殿下に、さり気なくメアリーは『お金をかけるより、一緒に過ごす時間を増やしたほうが喜ばれると思いますよ』と言ったのだ。
その言葉を聞いた彼は藁《わら》にも縋《すが》る思いでその通りにしてみた。
すると殊《こと》の外《ほか》、婚約者に喜んでもらえたらしい。
それ以降、殿下は『メアリーの助言は的確で素晴らしかった』と一目置いている。
……まあ、相変わらず婚約者にしか関心がない殿下だ。
でもどんな理由にせよ、アトナ殿下を味方につけたメアリーは強運の持ち主だ。
メアリーは控《ひか》えめな性格なのに、いつの間にか周りの人を惹きつけ味方にしていく。
そんな彼女に、俺はますます惹かれていく。
俺が好きになった女性は思っていた以上に、強くて逞《たくま》しいのかもしれない。
何年後かに彼女の手のひらで転がされる自分を想像してしまう。
……うん、いいなぁ。きっと世界一幸せだ！
その幸福な姿は自分の両親と重なり、嬉しいが照れくさくも感じる。
「エリック、お前気が早いぞ」
未来を想像し、にやけている俺を見てアトナ殿下は爆笑していた。
確かに彼の言う通りで、まだ俺はメアリーにとって特別な人になれていない。
でもどんな努力をしてでも彼女の特別になる。

これだけは誰にも譲らない。
いつかメアリーと二人で飲む酒は、今日以上に美味《おい》しいものになるだろう。
俺はそう思いながら、グラスに入っている酒を一気に飲み干した。

第八章　私の選択

いよいよ明日は卒業式。

午前中で式の準備を終えると、私――メアリーは学園を出てこっそりとひとりで城下町へと向かう。

迎えの御者《ぎょしゃ》には生徒会活動で遅くなるから夕方に迎えに来てもらうように伝えてあった。

制服のままでは目立つので、途中でマーサの家に寄らせてもらい、予《あらかじ》め用意していたシンプルな服に着替えて、目的の小さな花屋へと歩いていく。

「ジャイナさん、こんにちは！」

「おやまあ、メアリーじゃないか。うちに来るのは明日からだろう、どうしたんだい？もしかして気が変わって、平民になることはやめるのかい？」

「いいえ違いますよ、決心は変わってないです。明日からお世話になるので、挨拶《あいさつ》に伺いました。ジャイナさん、世間知らずな私ではご迷惑をおかけするかと思いますが、ここで精一杯頑張りますのでよろしくお願いします」

「そんな堅苦しい挨拶《あいさつ》なんていらないよ。こっちだって慈善活動で雇うわけじゃない。しっかりと賃金分は働いてもらうつもりなんだからね。頭なんて下げずに、もっと堂々としな」

私が頭を下げると、ジャイナさんはピシャリと言い切る。彼女の言い方はぞんざいだが、その優しさは隠しきれていない。

「それとね、もし気が変わったら、そのときは好きにしな。私はちっとも困らないし、もっとムキムキのマッチョを探せばいいだけのことだしね。メアリーの人生なんだから、後悔しないようにギリギリまで迷ってごらん。……迷えるってことは幸せなことさ、選択肢があるってことだからね」

そう言って笑うジャイナさんの言葉は、どこまでも私を心配する気持ちが伝わってくる温かいものだった。ここで働ける私は本当に恵まれている。

「……ありがとうございます。でも決心は変わりません。明日からは自分で選んだ道を進んでいきます」

きっぱりと言い切る私に迷いはない。

家族や婚約者から離れて自由に生きることが、私が選んだ幸せだ。

そして挨拶《あいさつ》を済ませた私は、足早に花屋をあとにする。

途中でまた制服に着替えて学園に戻り、予定通りに迎えに来た伯爵家の馬車に乗って屋敷へと帰った。

家族に「ただいま、戻りました」と挨拶《あいさつ》するが、誰も私の行動に疑問を持っている様子はない。

関心がないからだけれど、今はそれがありがたかった。以前は私を見てもらえずに悲しかったはずなのに、こんなふうに感じるなんて皮肉なものだ。

私にとって今日が家族との最後の晩餐《ばんさん》だったが、いつも通り話しかけられることなく終わった。家族としてずっと一緒に過ごしてきたというのに、その重みを感じることもないほど呆気ないものだった。

二階にある自分の部屋に戻り、椅子に座りながら十七年間過ごした部屋を見つめる。

ここを出ると決めてから少しずつ片付けていた。

もともと余計なものはない部屋だったけれど、もう必要最低限のものしかない。

この部屋と同じく、私の心もすっきりしている。

家族への執着や貴族への未練もない。

明日から私は新たな人生を始める。

これからどんな困難が待ち受けているだろうか。

どんな出会いがあるのだろうか。

未来に思いを馳《は》せ、なんとも言えない高揚感に包まれる。

きっと明日の卒業式はすべて上手《うま》くいく。

それはただの願いではなく、私のなかでは確信になっていた。

そして、私はゆっくりと瞼《まぶた》を閉じ、心のなかでこの部屋に別れを告げた。


今日は待ちに待った学園の卒業式。

両親は卒業生である姉の保護者として参列している。

そして、私は生徒会役員としてだけでなく、来年度の最優秀生徒としても出席している。

卒業式のときに最優秀生徒を発表するのが慣例で、選ばれた生徒とその保護者は特別に招待されている。

つまり晴れの舞台を用意されるのだ。

光栄なことに最優秀生徒のひとりに私も選ばれ、学園側から我が家に一週間前に通知が送られてきていた。そしてその日の夕食の席で、父が珍しく私に話しかけてきた。

『……メアリー、来年度の最優秀生徒に選ばれたようだな。我が家に通知が学園から送られてきた。だが、私たちはカサンドラの親として卒業式に参列する。最優秀生徒の親として参加はしない。支障はないからいいな』

『……はい、分かりました』

必要最低限の事務的な会話だった。

両親ともに式に出席するのだから、保護者として別々に席を用意してもらい参列することは可能だった。だが二人とも姉の保護者として卒業式に出席し、私の保護者としては欠席すると決めたようだ。

私もそれに異を唱えるつもりはない。

食事の間、両親は何か言いたそうな顔をしていたが、最優秀生徒に選ばれたことを褒めることはなかった。

兄とカイトは『おめでとう』と言ってくれたが、姉は『ま、まさか……』と言って絶句していた。

だから最優秀生徒としての私の隣には、保護者の席は用意されていない。

今回選ばれた生徒は三人で、私と平民の男子生徒と貴族の男子生徒。

他の二人の最優秀生徒とその親は誇らしげに並んで座っているのに、私だけがひとりだ。

　こんなことは今までなく、学園側から親の席はいらないのかと何度も確認されたほどだった。

　この学園の卒業生である両親は、最優秀生徒に選ばれることは名誉で特別なことだと十分すぎるほど分かっているはずだが、私から謝らない状況がどうしても許せないのだろう。

　どこまでも自分たちの理想を追い求めるのかしら……

　そんなものは最初からなかったというのに。

　もう後戻りはできないことに気づいていないのだろうか。

　私と両親の考えが交わることは、きっと永遠にこないのだろう。

　我が家の些細《ささい》な事情が卒業式に影響を及ぼすことはなく、式は問題なく粛々《しゅくしゅく》と進んでいく。

　卒業生代表のアトナ殿下の答辞が無事に終わり、あとは学園長による最優秀生徒の発表をもって式は終了となる。

　三人とも最優秀生徒に選ばれたのは初めてで、促されるままに揃って壇上に上がる。

　こんなにたくさんの人に注目されたことは今までなく、私は緊張で微《かす》かに震えてしまう。隣に並ぶ二人も同じようで、私だけではないと分かり少しだけホッとした。

壇上に立ったあとは、ひとりひとり紹介される。

先に男子生徒二人が紹介され、それぞれ簡単な挨拶《あいさつ》をしたあと、盛大な拍手に包まれる。

次はいよいよ私の番だ。この晴れの舞台で私は宣言を行うつもりだ。

心臓が破裂しそうなほど、ドキドキしているのが分かる。

自分が上手《うま》く話せるか不安になる。

卒業生の席に目をやり、無意識にエリックの姿を探してしまう。

いた！　すぐに見つけられた。

同じ制服で誰が誰だか分からないほど離れているのに、なぜか彼の姿だけは特別だった。

彼も真っ直ぐに私を見つめて、何かを口パクで言っている。

「だ・い・じょ・う・ぶ。メ・ア・リー・な・ら・で・き・る」

私がここで何をするつもりかは誰にも伝えていない。

もちろんエリックにもだ。

だから彼は何も知らないはず。

それなのに彼は、まるでこれから起こることをすべて分かっているように私がほしい言葉をくれる。

エリックの励ましは、私にとって魔法の言葉。優しく背中を押してくれるようだ。

鼓動が静まり、少し落ちつきを取り戻す。

……ありがとう、エリック。これから自分の手で未来を掴み取るから、ちゃんと見ていて！

あんなに離れたところにいるのに、エリックがすぐ隣にいるような気がする。不思議な感覚だった。

そして、学園長の口から私の名前が呼ばれる。

「では三人目の最優秀生徒、メアリー・スパンシーを紹介します。彼女は成績優秀で、生徒会役員も務める真面目《まじめ》な生徒です。来年度も学園のために活躍してくれることを期待しています。ではメアリー、前へどうぞ」

促されるまま前に進み、マイクを手に持つ。

その手が震えることはない。

大丈夫、迷いはない。

後悔はしないわ。

深く息を吸って話し出す。

「メアリー・スパンシーです。この大変栄誉ある最優秀生徒に選んでいただいたことに深く感謝しています」

パチパチと周りから拍手が起こりかけるが、それを遮《さえぎ》るように話を続ける。

「本来ならここで期待に添えるように頑張りますと言うべきですが、それは言えません。……私は本日をもって平民となります。ですから三年生になることなく、この学園を去ります」

俯《うつむ》くことはしないと決めていた。

会場にいるすべての人たちの視線から目を逸《そ》らすことなく、真っ直ぐに前を見続ける。

自分が選んだ道に胸を張って、会場の全員に感謝と決意を告げる。

「この学園で過ごした二年間で私は多くのことを学び、尊敬する先生方や素晴らしい友人たちに出会えました。それは私にとって人生の糧《かて》となり、これからどう生きるかと考えることができました。そして進む道を自分で決める力を与えてくれました。本当に貴重な時間を過ごせたことを心から感謝しております。みな様……本当にありがとうございました。私はこの学園の最優秀生徒に選ばれたことを誇りに思って、新たな人生を歩んでいきます」

挨拶《あいさつ》を終えるが、誰も拍手をしない。あまりの衝撃に拍手をするのを忘れているのか、それともする必要がないからしないのか。

ザワザワザワ……

参列者たちのざわめきが止まらない。

それもそのはずだ。これは前代未聞《ぜんだいみもん》のこと。

最優秀生徒に選ばれた生徒が退学を選んだことなんて一度だってない。

そのうえ伯爵家の令嬢が貴族をやめ平民になるというのだから驚かないほうがおかしい。

みんなの視線が私に注がれる。

あからさまな嫌悪や拒絶は感じないが好意的ともいえず、突然の発言に驚き戸惑っているものがほとんどに思えた。

生徒会の友人たちは目を大きく見開《みひら》き、壇上にいる私を心配そうに見つめている。

学園長や先生方も、問いかけるような表情を浮かべて身を乗り出している。

本来ならば学園側にはこの場で言うよりも先に退学の意思を伝えるのが筋というものだ。

だが、私はそれをしなかった。

もし事前に伝えていたら学園側は保護者である両親に確認のため当然連絡をするだ

ろう。

そうなったら両親に貴族の身分を捨て平民になろうとしていることがばれて、私の計画は頓挫《とんざ》する。

だから失礼を承知のうえで、学園側にも今日まで何も言わずにいた。親しい友人たちにも言えなかった。

お世話になった先生方や親身になってくれた友人たちには申し訳ない気持ちでいっぱいだが、これしか確実な方法がなかったのだ。

彼らに心のなかで謝罪する。

卒業生の保護者席にいる両親はこちらを見ながら何か叫んでいた。だが、周りのざわめきに掻き消され、壇上にいる私にまでは届いてこない。

それに両親が今さら何を言ったとしても、私の発言はもうなかったことにはできない。参列している多くの貴族が聞いているし、王族である第三王子も卒業生として出席している。

この宣言は当事者である私の手から離れて、撤回できない既成事実《きせいじじつ》となっている。

……これで、すべて終わったのね。

私はこれでやっと自由になれた。

学園を去る寂しさと、選んだ道を進める安堵《あんど》が入り混じる。

なんて言えばいいのか分からない複雑な気持ちだが、後悔はない。

最後にここから見える光景を目に焼き付けようと見渡して、静かに壇上から去る。

「下りるのはまだ早いよ」

私の後ろから誰かが声をかけてきた。

その口調はとても落ちついていて、私にとって聞き慣れたものだった。

振り返ると、そこにはいつの間にか壇上に上がっているアトナ殿下の姿があった。

私は慌《あわ》てて壇上に戻り、彼の前で礼をとる。

「メアリー、まずは最優秀生徒に選ばれたことを祝福させてくれ。おめでとう、君の弛《たゆ》まぬ努力に私は日頃から感心していたよ。生徒会役員として、一緒に活動できたことを誇りに思っている。そんな君が最上級生にならずに学園を去ってしまうのは本当に残念だ。学園の大きな損失となるだろう」

お世辞で言っているのではないのは、アトナ殿下の表情で伝わってくる。

私の今までの行動をちゃんと認めてもらえていたことが素直に嬉しかった。

彼はさらに話を続ける。

「だが私は、君の意思を尊重《そんちょう》したいと考えている。今回の決断は軽いものではない。そしてこのあとの生活は決して平坦ではないだろう。でも君が考えなしに宣言したとは思えないし、誰かから強《し》いられたとも考えていない。君はすべてを熟慮したうえで、自分で選んで決断したのだろう？」

アトナ殿下の口調は穏やかで、平民になることを責めているようには感じられない。

……私の決断を認めてくださっているのですね。ありがとうございます、アトナ殿下。

心のなかで感謝の言葉を紡ぎながら、殿下の問いかけに静かに頷《うなず》く。

「そうか、それなら私から言うことは何もない。メアリー・スパンシー、私は君の英断を心から応援しよう。新しい人生に祝福あれ」

王族であるアトナ殿下の祝福の言葉は、私の行いの後ろ盾となった。

王族が認めたことを反対するなど許されない。

参列者たちのざわめきが徐々に静まり、式場に静寂《せいじゃく》が広がっていく。

改めて壇上から下りようとするが、今度は学園長に呼び止められる。

「ちょっと待ちたまえ、メアリー。確認だが、君はこの学園が好きなんだろう？」

その問いかけに考える時間はいらなかった。

「はい、もちろん大好きです。この学園の生徒でいられた二年間はかけがえのないものでした。いろいろなことがありましたが、すべては良き思い出となっています。この学園には感謝しかありません」

それは偽《いつわ》りない気持ちだった。

この学園にいなければ、エリックとの出会いはなかった。

生徒会役員の活動を通して新しい世界を選ぶこともなかった。

すべてはこの学園での出会いから始まったことだった。

私の返事を聞き、学園長は満足そうに頷《うなず》く。

「そうかそうか、良かった。先ほどのアトナ殿下もおっしゃっていたことだが、君がこの学園を去るのは大きな損失だ。来年度も生徒会でその手腕を発揮し、他の生徒の見本となって学園を良い方向に引っ張ってほしいと思っている。どうだろう？　ここに残ってはくれないだろうか、メアリー」

学園長の申し出に驚きを隠せない。まさかそんな言葉を貰えるとは思ってもいなかった。

気持ちは嬉しいけれど、平民となった私がここに通うことはできないだろう。自分で働かなければ暮らせないし、勉強と仕事の両立は現実的に難しいのは分かっている。

「お気持ちは大変ありがたいですし、私も最後まで学園に通えたらと思っていました。ですがこれからひとりで生活する私にとっては難しく、学園に通うには、平民になることを諦めなければなりません。それは私にはできません。ですから通うのは難しいかと――」

「最優秀生徒制度の設立当初の目的は、優秀だが経済的に厳しい状況にある生徒を援助するためだったことは知っているかな？」

私の断りの返事に、学園長は微笑《ほほえ》んで話を続ける。

「え？」

「もともとは優秀な生徒が経済的な事情から入学を諦めたり、途中で退学したりすることにならないように、在学中に衣食住を援助する目的があったんだ。知っての通り最優秀生徒の条件を満たすことは、大変難しい。だから選ばれる生徒が少ないうえ、最近は平民でも経済的に余裕があり援助する必要がない生徒ばかりだった。そのため名誉だけを享受《きょうじゅ》し、最優秀生徒制度を本来の目的をもって利用する生徒はここ数十年いなかった。だから君も他の者たちと同様に、この制度を正しく認識していなかったのではないかい？」

学園長の言葉に驚きを隠せない。

最優秀生徒制度にそんな援助があるとは知らなかった。

私だけでなくほとんどの参列者も知らないようで、口々に「そんな目的があったとは……」と囁《ささや》いている。

「はい、知りませんでした。制度の本来の役割も――」

「学園長としては優秀な君には、ぜひ卒業までこの学園にいてもらいたい。それに君も学園が好きで、退学したいわけではない。どうだろうか、この制度を利用して学園のために残ってくれないだろうか？」

思ってもいない嬉しい申し出だった。

しかし、王族の前で発した言葉には責任を持たなければならない。アトナ殿下もすでに私の発言を公《おおやけ》の場で認めている。

もう後戻りは許されないのだ。

私は筋を通そうと断りの言葉を紡ぐ。

「……ですが、私は先ほど学園を去ると明言してしまったので――」

「貴族籍を抜ける準備は完了しているようだから、私は応援すると君の発言を認めた。だが退学の手続きはまだ何もしていないのだろう？　だから君が学園を去ると言った言葉は、まだなんの効力もない。決まっていることは、君が平民になることだけだ。それ以外はまだ白紙だ」

私の言葉を遮《さえぎ》るようにそう言って、アトナ殿下は微笑《ほほえ》む。そして再び彼は話し始める。

「メアリー、君が決めるんだ。この制度は最優秀生徒に選ばれた者の権利だ。『自らの努力で得た権利を行使するのは、何人たりとも邪魔はしてはならない』と学園の規則にも明記されている」

「アトナ殿下……」

アトナ殿下に続いて、学園長も私に告げる。

「メアリーがここに残ることを強制はできない。だが君のような素晴らしい生徒を卒業まで見届けたいと学園長である私も、先生方も強く望んでいる」

「……学園長、先生方」

みなの温かい言葉に涙が滲《にじ》んでくる。

参列者の席からも温かい視線を感じる。

友人たちのほうを見ると、身を乗り出すように大きく頷《うなず》いてくれている。

……こんなにもたくさんの人に私は支えられている。

ありがとう。

まだ終わっていない。私は背筋を伸ばして、前を向く。

「私は平民になりました。ですが最上級生として、もう一年この学園で頑張らせていただきます。自分に何ができるか分かりませんが、最優秀生徒の名に恥じないように一生懸命やっていきます。これからもよろしくお願いします」

静かな会場に、私の言葉だけが響き渡る。

誰も動かず何も言ってこない。平民である私を受け入れたくないのだろうかと不安になる。

「おめでとう！」

突然エリックが立ち上がり、そう叫びながら力強い拍手を送る。

彼は周りなど気にせず、真っ直ぐ私だけを見ている。

ありがとう、エリック。

私がここまで強くなれたのはあなたのおかげだわ。

また彼の言葉に支えられる。

もう一度前を見て、しっかりと参列者に向かって深々と礼をする。

自分の判断が受け入れられたのか分からないまま、壇上から下りる。

パチ、パチ……パチパチパチパチパチパチー！

さっきまでの静けさが嘘のように会場は盛大な拍手に包まれた。

会場のみんなの顔には笑顔が浮かんでいて、私の決断が受け入れられたことが分かる。

この瞬間、私は貴族のメアリー・スパンシーではなく、平民のメアリーとして周囲から認められたのだ。

王族だけでなく、学園側も、生徒たちやその保護者たちも私の正当性を認めてくれる。もう誰もこの場で異議を申し立てることなどできないだろう。

……たとえ血の繋がった両親でも。

そのあとは何事もなかったかのように、厳かな雰囲気のなか式が終了し解散となった。

名残惜《なごりお》しいのか会場にはまだ半分くらいの卒業生やその保護者が残ってお喋りを楽しんでいる。

私が生徒会役員として式の後片付けに取りかかろうとすると、そこに姉と両親が足早に近づいてきた。

「メアリー。ちょっと来なさい、話がある」

父から声をかけられる。

姉は目に涙を浮かべているが、その表情は怒《いか》りに満ちていた。

一方、両親の顔に浮かんでいるのは困惑と焦燥《しょうそう》。意外なことに怒《おこ》ってはいないようだ。

「はい。私も話したいと思っていました」

この言葉に偽《いつわ》りはない。

両親から来なければ自分から話しに行くつもりだった。事後報告《じごほうこく》となるが、けじめだけはちゃんとつけるつもりだったから。

これは避けては通れないこと。

……逃げるだけでは終わらない。

最後はちゃんと向き合って終わらせると決めていた。

生徒会役員のひとりに少しだけ席を外《はず》すと告げたあと、両親たちと一緒に会場から出て、誰もいない教室へと入っていった。

教室にいるのは私と両親と姉の四人だけ。

扉が閉まると同時に、姉が泣きながら私に言い募《つの》る。

「なんてことをしてくれたのよ！　平民になるなんて聞いてないわ。家族に相談せずに勝手なことばかりして、どうして周りの迷惑を考えられないの！　メアリーが平民になったら、もう偽《いつわ》りの噂《うわさ》を否定することができないじゃない！」

さらに姉は、感情のままに言葉を吐き出す。

「あなたが予定通りにギルバート様と結婚して、姉をそばで守ってあげてほしいとお願いしていたのだと周りにちゃんと説明してくれたら、なんとかなったのに……。うっう……う……どうしてくれるの。こんなんじゃ誰からも羨ましがられる婚約者なんてもう見つからないわ。これから私はどうなるのよ？」

一方的にそう言うと、姉はその場で泣き崩れる。

これはいつもの無意識な演技ではなく本気だ。周りの人たちからどう見えるかという計算をする余裕など、もはやないのだろう。

儚げではなく、崖っぷちの令嬢にしか見えない。

それほどに姉が打ちひしがれているのが伝わってくる。

だからといって同情することはない。その嘆きが本物だろうが、今さらどうしようもない。すべては自業自得《じごうじとく》で、冷めた目を姉に向けるだけだ。

「お姉様、自分でどうにかしてください。そもそも私の忠告を聞かずに噂《うわさ》が流される状況を作ったのは、自分自身ではないですか。どうして関係がない私が助けなければいけないのですか？」

怒《いか》りはもうなく、ただ淡々と姉に告げる。

「……だって、メアリーは私の妹じゃない！　妹が姉を助けるのは当然のことでしょう？　私がこんな状況になっているのに、助けないなんておかしいわ！　あなたには優しさがないの？」

姉の言葉はどこまでも自分勝手だ。周りが助けることを当たり前としか思っていない。

一方的に助けてもらうのは当然ではない。

いくら認識が間違っていると言っても、自分中心に生きてきた姉には通じないだろう。

だから分かりやすい事実だけを言葉にする。

「平民になることをみんなの前で宣言し、王族にも認められた私はスパンシー伯爵家の者ではなく、あなたの妹でもありません。だからもう私は、妹としてあなたを助ける必要はないのです」

「そ、そんな、じゃあこれから困ったときにはどうすればいいの？　誰を頼ればいいの……わ、私……は、どうすれば……」

呆然《ぼうぜん》として、ブツブツと呟《つぶや》く姉の姿は社交界の華とは程遠いものだった。

そんな姉を目の前にし、両親は立ち尽くしたまま、声もかけられずにいる。

……そうでしょうね。お父様とお母様が大切にしたいのは理想の娘だけで、今のお姉様の姿はそれとは違う。

両親は受け入れ難《がた》い現実を前にして、打ちひしがれている姉に寄り添うことすらできないでいる。

これから姉がどんな道を歩もうと、私が関わることはない。

だからこれ以上何も言うつもりはない。

私は姉の姿に混乱している両親にけじめの言葉を告げる。

「お父様、お母様。今まで十七年間育ててくださりありがとうございました。本日をもって、スパンシー伯爵家との縁を切り、平民となります。最優秀生徒として学園には残りますが、今後一切スパンシー伯爵家にご迷惑をおかけすることはありませんので、ご安心ください」

自分でも驚くほど冷静に、両親の目を真っ直ぐに見て話すことができた。

想像以上に両親と私を繋ぐ絆は脆《もろ》く儚いものだったようだ。

……その事実に寂しさを感じるが、もうその絆がほしいとは思わない。

「どうしてだ、メアリー。なんでこんな愚かな選択をしたんだ。確かに最近私たちがお前にきつい態度をとっていたことは認めよう。だがすべてはお前のためを思ってしたことだった。可愛い娘に正しい道を歩んでほしかっただけで、愛しているからこそだ。はぁ……お前はきっと誤解してしまったんだな。だからこんなにも愚かな間違いを犯した。……可哀想《かわいそう》に」

父はそう言って私に憐《あわ》れみの目を向ける。父が本気でそう思っていることが伝わってくる。

「そうよ、メアリー。私たち家族はみんなあなたのことが好きなのよ。だから心を鬼にしてあなたのために頑張ってきたのに、どうして分かってくれないの？　家族を捨てて平民になるなんてやめなさい！　この優しい家族を捨てたことをきっと後悔するわ」

母は慈愛に満ちた口調で、さらに話し続ける。

「さっきの発言を撤回して、元に戻りましょう。最優秀生徒のあなたが頭を下げて詫びればきっとまだ間に合うわ。それに私たちはあなたの過《あやま》ちを赦《ゆる》すわ。決して責めたりしない。だからまた前みたいに優しいメアリーに戻りましょう、ねっ？」

母はそう言って私に向かって手を差し伸べ、愚かな子どもを赦《ゆる》そうとする。この姿は愛情深い母親にしか見えない。

この場面だけ見れば、愚かな娘を優しく受け入れようとする両親は理想の家族、理想の親だろう。

でも私の目には、滑稽にしか映らない。

どうして私に理由を聞かないの？　私の気持ちをどうして勝手に決めつけるの？

いつも、私に押し付けてくるのは両親が求める優しいメアリーの姿だけ。現実から目を背《そむ》け、信じたいものを信じ、聞きたい言葉だけを聞いて都合よく解釈する人たち。

両親のなかでは、理想の家族であることは絶対なのだろう。

だからこうなっても、事実を見ようとしない。

「お父様、お母様。私は何も誤解していません。それに今日の決断を後悔していませんし、撤回することもありません。なぜ私が家族から抜けることを望んだのか話したところで、そんなことはないと否定するでしょうね。きっと理解できずに、また一方的に話すのでしょう。でも私は耳を傾けません。以前私の心の叫びを聞かなかったあなたたちのために、私が何かをするべきだとは思えないのです」

切り捨てるような冷たい言葉に、両親は唖然《あぜん》とし言葉が出ないようだ。

そんな両親に娘として、最後の言葉を贈る。

「どうして娘を失うことになったのか、今まで子どもに何をしていたのか考えてください。きっと今のままでは一生答えは分からないと思います。だから変わってください！　変わろうと努力してください！　理想の家族であることにしがみつかず、足掻いてください。これからお兄様たちが結婚して家族が増えたときに、同じ過《あやま》ちを繰り返さないでください。これは私の最初で最後のお願いです」

私の気迫が伝わったのだろう、もう話しかけてこようとはしない。

その顔には諦めの表情とまだ私への淡い期待が見える。ここまで言っても、やはり両親は現実を理解しようとしない。

……伝わらないのは覚悟していた。

彼らに明確な拒絶を伝えるために、私は背を向ける。

私の態度に彼らが息を呑むのが分かる。

でももう振り返ることはない。

迷いなんて一切ない、これは私が望んだことだ。

そのままその場を去ろうとして、扉のそばに人が立っていることに気がつく。

それはギルバート様とマドール伯爵夫妻だった。

ギルバート様は悲痛な表情を浮かべ、静かに話しかけてくる。

「今まで本当にすまなかった。大切な婚約者だったはずなのに、君を蔑《ないがし》ろにして傷つけ、それに気づきもしなかった。……本当に申し訳ない。メアリーの決断を聞いて、どうしてもっと早く過《あやま》ちに気づけなかったのだろうと後悔している。今さら何を言っても信じてもらえないことは分かっているが、私は君と幸せな家庭を築くのを心から望んでいた。そして今もその想いは変わっていない。……君の決意が固いのは分かっているけれど、最後に聞いてもいいかな？」

彼の請うような問いに私は静かに頷《うなず》く。

「これからは間違えないと誓う、だからもう一度だけチャンスをくれないか？　貴族に戻って私との未来を望んではくれないだろうか」

こんな声音で話す彼は久しぶりだった。その声は思いやりを持って接してくれていた頃の、懐かしい彼のものだ。

以前のような優しい彼が目の前にいるという現実が信じられない。

それは孤独だった私が心から欲していたもので、いつしか諦めたものだった。

ギルバート様は、美しい姉に惹かれてしまったのだと心のなかで思っていた。

華やかな姉とその陰に隠れ目立たない私。

誰もが姉を優先し、私はおまけだった。

だから姉と親密になっていく彼を引き留めることを、どこかで諦めていた。

最初から厭《いと》っていたのではと徐々に思うようになり、『優しさを取ったら何も残らない』と言われたときに納得している私がいた。

姉の護衛役を始めた彼の言動のすべてが、姉に惹かれていることを裏付け、そのことを否定する要素などひと欠片《かけら》さえ見つからなかった。

だから私はすべてを捨てて、自分の手で幸せを掴む決心をしたのだ。

それを後悔などしていないが、ギルバート様が私との未来を今も切望しているという予想外の事実に驚きを隠せない。

彼の真剣な表情から保身のために嘘を吐いているわけではないことが分かる。

姉とのことがなければ、ギルバート様は誠実で実直な人柄だった。

我が家の問題に巻き込まれ、彼は変わってしまった。もし姉の護衛役にならなかったら、善良な人のままでいられたかもしれない。

ここにも我が家の歪《ゆが》みによって、苦しんでいる人がいる。

そう思うと心から悔いている彼を責める気にはなれないし、これから頑張ってほしいとも感じる。

でも一緒に頑張りたいとは思えない。

いくら後悔し反省しているとはいえ、もう以前と同じように彼を見ることはできない。

元に戻りたいとは思わない。

それは私の望む未来ではない。

ごめんなさい。私はもう以前とは違うの。

偽《いつわ》らずに生きていくことを選んだ。

きっとギルバート様も私たちの関係が修復不可能なのだとちゃんと分かっているはず。

それでも私の決断を否定することなく、彼は真っ直ぐに向き合っている。

最後は誠実で終わろうとしてくれているのだろう。

……もう、いいわ。

最後に、ありがとう。

私もちゃんと彼に向き合って、別れの言葉を口にする。

「ギルバート様の隣は私がいるべき場所ではありません。これから私は気持ちを偽《いつわ》ることなく、自分で選んだ道を歩んでいきます。……いろいろあったけど、もう責める気持ちはありません。あなたが後悔しない人生を送ることを心より祈っております」

「……ああ、私も君の幸せを祈っているよ。今まで本当にありがとう、そして最優秀生徒おめでとう」

彼は最初から私の返事が分かっていたように静かに受け入れる。

そして後ろにいるマドール伯爵夫妻に目礼をする。彼らも沈痛な表情を浮かべてはいるが、そっと頷《うなず》き返してくれた。

政略結婚は、貴族同士だから成り立つ。

私が平民になった今、それが白紙に戻るのは当たり前のこと。

彼らが私とこうして距離を置くのは冷たいのではなく、平民となった私を追い詰めることがないように配慮してくれているのだろう。

その優しさに胸が温かくなる。

私の気持ちを尊重《そんちょう》してくれたのだ。

「……ありがとうございました」

元婚約者とマドール伯爵夫妻との別れも済ませ、部屋をあとにした。

……すべてが終わった。

すぐには片付けに戻る気が起きず、心を落ちつかせるために通い慣れた生徒会室へと足を向ける。

誰もいない生徒会室。いつもと違って静かすぎるが、今の私にとってはありがたかった。

今日は激動の一日だった。

最優秀生徒に選ばれ、平民となったことを宣言した。両親や元婚約者ともけじめをつけた。

努力が報われ、すべて予定通りに進んでいる。

後悔はない。

あるのは希望と少しの不安だけなのに、なぜか涙が溢れてくる。

どうして、私は泣いているの？

過去を捨てることも、新しい人生を始めることも全部自分で決めた。

悲しいことなんて何もないはずだ。

幸せなはずなのに涙を止めることができずにいると、不意に後ろから声をかけられた。

「メアリー、捜したよ。ここにいたんだね」

それは私を捜しに来てくれたエリックだった。

彼に背を向けたままの私。

本当はすぐに振り返り「私、ちゃんとできたでしょう」と笑ってエリックに報告したかった。

そしていつものように「よく頑張ったね」と褒めてもらいたかった。

でも涙を流したままの顔を彼に見せたくなくて、振り返ることができない。

自分の意志を貫《つらぬ》いたにもかかわらず、めそめそと泣いている私を見て彼はどう思うだろうか。

幻滅されたらと考えると、怖くてたまらない。

こんな弱い私をエリックはどう思うかしら？

呆《あき》れる？　それともがっかりする？

なんとか涙を止めようとするが、どうしても止まらない。

コツン、コツン、コツン。

足音からそっとエリックが私に近づいてくるのが分かる。

私の後ろに立ち、優しく両肩にそっと手を置くエリック。

無理矢理振り向かせることはせずに、そのまま話しかけてくる。

「メアリー、最優秀生徒に選ばれたこと、おめでとう。君の今までの努力は本当に素晴らしいものだった。それに今日はすごく頑張ったな。新たな人生を選ぶ決断をするなんて、とても難しいことで誰もができることじゃない。君だからできたことだ。だから誇っていいんだよ」

優しく話しかけてくれるエリックに返事をしたいけれど、口を開《ひら》けば嗚咽《おえつ》が零《こぼ》れそうで話すことができない。

「……でもどんなに覚悟しても、家族と縁を切るのは辛《つら》いよな。今日の決断は自分で決めたことだからと、簡単に割り切れるわけじゃない。今までの人生だって辛《つら》いことが多かったとしても、無駄ではないしメアリーの大切な一部であるんだからね」

労《いた》わるようなエリックの優しい言葉。

私の今の気持ちを考え、寄り添ってくれるのが伝わってくる。

ますます涙が零《こぼ》れてしまう。

どうして彼はいつも私がほしい言葉をくれるのだろう。

「だからメアリー、泣いていいんだよ。君の決断は間違っていない。誰に対しても誇れるものだ、後悔する必要もない。けれど今、涙を流すことも間違っていないんだ。人は単純な生き物じゃないから、いろいろな感情が入り混じるのは当然だ。そんなときは我慢しないで泣いてくれ、気が済むまで泣いていいんだ。……これからは俺が君のそばにいる。どんなときも君を孤独にはさせないと誓う。だからひとりで泣かないでほしい」

優しく甘い言葉が心に染みる。それは愛の告白のようにも聞こえ、彼の友人としての優しさを自分に都合よく解釈してしまいそうになる。

今だけならいいわよね。

明日からはちゃんと前を向いて現実を生きていくから、少しだけ夢を見させて。

今だけだからと心のなかで弁解し彼の優しい言葉に酔いしれ、訳も分からずに流していた涙が嬉し涙へと変わっていく。

……私は彼を愛している。

「メアリー、こっちを向いてくれ」

エリックはそう言ってから私を振り向かせる。

涙でぐしゃぐしゃの顔を見られたくなくて慌《あわ》てて涙を拭く。

「……見苦しいところを見せて、ごめんなさい」

「メアリー、ごめんなさいはいらないよ。どうしても何かを言いたいのなら、俺が来てくれて嬉しいって言ってほしいな。それに見苦しくなんかない。君は泣いていても笑っていても、いつでも最高に可愛いんだ。俺が保証する、君はいつでも素敵だよ」

エリックは優しく微笑《ほほえ》んでいるが、いつものように軽い調子ではない。

眼差《まなざ》しは真剣そのものだ。

そんな彼の態度に、もしかしたら私と同じ気持ちではないかと誤解しそうになってしまう。

そんなことはないと分かっているのに、淡い期待を抱《いだ》いてしまう。

彼の心の内を知りたい。

……でも知るのは怖い。

拒絶されるくらいなら今のままがいい。

でも、もしかしたら……

心のなかで葛藤《かっとう》するが、彼に問いかける勇気は出ないまま時間だけが過ぎていく。

そんなとき、両肩に置かれたエリックの手に力が入る。

ビクッと体が反応してしまう。

もし彼が抱きしめてくれたら、彼に身を委ねて自分の想いを告げようと淡い期待を胸に抱《いだ》く。

バッタンッ！

ノックもなしに、勢いよく生徒会室の扉が開《ひら》いた。

「にーにいたー。あっ、ぼくもぎゅーするー！」

可愛い声と同時に小さな男の子が、エリックを押しのけ私に抱きつく。

それはエリックの一番下の弟のアキトだった。

どうやらいなくなったエリックを、一番上の妹のドリーと一緒に捜していたらしい。

「うぁ、アキトそれはだめだって……」

扉のそばでは事情を察したドリーが手のひらを額《ひたい》に当てている。

「ア・キ・トー、なんでだー！」

可愛い弟に押しのけられ、立ち尽くすエリックの叫び声が部屋に響き渡る。

デジャブのような光景に、さっきまで考えていたことが吹き飛んでしまう。

そして私に必死にしがみつくアキトの可愛さに思わず笑いが込み上げる。

「本当にアキトは天使ね」

「天使なのー」

どこまでも無邪気《むじゃき》なアキトにつられてドリーも笑い出し、アキトも「ぼくもー」と言いながら笑っている。

エリックも苦笑いしながら、私にくっついているアキトを引きはがし自ら抱き上げる。

そして彼は微妙な表情を浮かべて、私に尋ねる。

「全《まった》くとっても可愛い弟だよな……。メアリーこんな弟だけれど、どう思う？　許せる、許せない？」

「うふふ、許せるかどうかって変なことを聞くわね。悪いことをしていないのだから、許すも許さないもないでしょう。こんな可愛い弟がいるエリックが本当に羨ましいわ」

「……そうか、それならまあ良いかな。メアリーが笑っているならいいや。アキト、にーには寛大な心で許すぞ。お前命拾いしたな～」

なんだか物騒なことを言いながら笑っているエリックだったが、弟に頬擦《ほおず》りする彼は優しい兄そのものだ。

「にーに、好きー」

アキトも彼に甘えている。

このほのぼのとしたやり取りに癒やされ、いつの間にか笑顔になっていた。

すると、アキトを片腕で抱いたエリックが私に手を伸ばす。

「メアリー行こう、みんな待っているよ」

「ええ、行くわ。エリック、捜しに来てくれてありがとう」

またエリックに助けられ、背中を押してもらうことになった。

いつもありがとう、エリック。
今日から平民のメアリーとして新しい生活が始まる。
不安はあるけれど、迷いはなくなった。
いつか私は彼に相応《ふさわ》しい女性になれるだろうか。
もしなれたら勇気を出して、彼に想いを伝えてみよう。
そう思いながら、彼が差し伸べてくれた大きな手をそっと掴んだ。

第九章　変わるものと変わらぬもの

卒業式の片付けを終えると、私はひとりで城下町へと足を運んだ。

平民になったけれど学園に通い続けることになったと、最初に伝えなければいけない人がいる。

ジャイナさんに、すべてを伝えて早く謝りたかった。

私は花屋に着くなり隠すことなく経緯を話し、恩を仇《あだ》で返すようになったことを真摯《しんし》に詫びる。

「ジャイナさん本当にごめんなさい。事後報告《じごほうこく》になってしまって……」

「謝る必要なんてないよ。契約だってまだ正式にはしていないんだからさ。私だって好みのムキムキが来たら『未来のムキムキより目の前のムキムキだ、ごめん』ってメアリーに断りを入れるつもりだったさ」

笑いながら、ジャイナさんは話し続ける。

「それにね、あんたの頑張りで選択肢が増えたんだ、胸を張りな。望み通り平民になって、そのうえ学園にも通えるんだ。掴んだチャンスを捨てて、ここで働くことを選んでいたら、頭から水をかけて目を覚ませって言ってたよ。やっぱり学園は辛《つら》いから働かせてくださいってあとから泣き言を言っても、雇う気はないからね、石に齧《かじ》りついても踏ん張るんだよ」

ひと言も私を責めることなく、ジャイナさんらしい激励《げきれい》の言葉を口にする。

「はい、頑張ります！　本当に良くしてくれてありがとう……ござい……ます」

最後は言葉にならなかった。

ジャイナさんの気遣いが嬉しくて、ありがたくて、泣き出してしまった。

どちらからともなく抱き合って、二人で号泣してしまう。

嬉しくってちょっぴり悲しい。でも思いっきり泣いたら、すっきりして最後には大きな声を上げ笑い合っていた。

「いつでも遊びに来なよ、メアリー」

「はい、また来ます！」

笑顔で別れ、ジャイナさんには感謝しかなかった。

それから急いで学園に戻り、手続きを行う。平民になる準備は終えていたので、あとは学園の寮に入る手続きや支給されるものを受け取る手続きなどをやればいいと簡単に考えていた。

でも、その考えは甘かった。

生活するうえで必要なものはすべて支給されるので、衣服の採寸や確認など細々とした作業に予想外に時間がかかった。

すべてが終わった頃にはもうクタクタになっていた。

「このあとは寮を案内しますが、一度屋敷に戻らなくていいですか？　その時間はありますよ」

「大丈夫です」

職員の人にそう尋ねられるが、私は断る。

十七年間過ごした屋敷の部屋は事前に片付けを済ませ、執事や侍女長などには別れの挨拶《あいさつ》もこっそりと済ませていた。

私があの屋敷に戻る必要はなかった。

もうあそこは私には関係のない場所。

二度と行くことはないだろう。

学園の寮に案内されたときには、日は暮れ辺りは暗くなっていた。

このあと学園での一年間を過ごす部屋はひとり部屋だ。

これからはこの部屋が私の唯一の居場所となる。

なかに入り、用意された荷物の山をひとりで片付けていく。

以前と比べたら質素で狭い部屋だが、前の豪華な部屋よりもなぜか落ちつく感じがする。

きっと気持ちの問題だろう。

家族と離れられた安堵《あんど》からそう思えるのだ。

学園の寮では食事は三食提供されるが、洗濯や掃除などは自分でやる決まりになっている。

私は今まで洗濯や掃除の経験はなく、寮に入っている友人にひと通り教わった。

こうして平民としての生活が始まったのだった。

◇　◆　◇

私――エマ・スパンシーはスパンシー伯爵家に嫁《とつ》ぎ、四人の可愛い子どもたちに恵まれて幸せに暮らしていた。
周りから羨ましがられるほどの順調な人生で、自分は良き母だと胸を張って言える。

メアリーとちょっとした行き違いはあったけれど、それもすぐに元に戻ると信じていた。

だって私の大切な子がいつまでも母親を苦しませるはずはない。

カサンドラの卒業式のあとに家族全員でお祝いをすることで、すべてが上手《うま》くいくはずだった。

準備は整っていたし、そのときにメアリーを赦《ゆる》して、最優秀生徒に選ばれたことを一緒にお祝いしてあげるつもりだったのに……

それなのに、最優秀生徒の発表のあと一瞬にしてすべてが変わってしまった。

祝いの場になるはずだった夕食の席で、夫がメアリーが家名を捨て平民になったことを家族に伝える。

ハワードとカイトは、メアリーの喪失をきっと受け入れられないだろうと思っていた。

しかし、彼らには嘆きや戸惑いがなかった。

「……そうですか。やはり自由になる道を選んだのですね」

メアリーが家族を捨てるのが分かっていたように淡々と話すハワード。

「メアリー姉様がいなくなるなんて寂しいよ。でもいろいろ考えて、そのほうがメアリー姉様は良いと思ったんだよね……？　だから平民になったんだよね。いつも優しくしてくれたメアリー姉様の気持ちを大事にしたいから、僕は我慢する」

悲しそうな表情をしているが、メアリーの愚かな選択を認めるような言葉をカイトは口にする。

息子二人は家族を捨てたメアリーを責めることはない。

それどころかメアリーが平民になるという選択を受け入れているのだ。

そんな息子たちの態度に苛立《いらだ》ちを覚える。

「メアリーが間違った選択をしているのを許すの？　あの子を正しい道に戻そうと思わないの？　愚かなことをしても、あの子は家族の一員なのよ。あっさりと見捨てるなんて……酷《ひど》いわ」

私は冷静でいられずに、冷たい発言をした二人を責める。

「間違った選択、ですか……。母上にとって正しいことが、メアリーにとっても正しいとは限らないでしょう。それに私たちが見捨てるのではなく、メアリーが家族を見限ったのです」

「な、何を言ってるの？　正しいことはひとつだけでしょう。それにあの子が家族を見限るわけないいわ」

「……」

私がそう言うと、ハワードは黙ったままで返事をしない。

だがその目を見れば納得していないことが分かる。

「母上、メアリー姉様は愚かではないよ。いつも優しくて家族のために頑張っていた。

だからそんなこと言わないで」

カイトは少し怒《おこ》ったように、私に訴えてくる。

この場で私の言葉に同調するのは夫だけだった。

息子たちはどこか冷めた目を私に向け、カサンドラにいたっては淑女《しゅくじょ》らしからぬ態度でメアリーの勝手な振る舞いを罵《ののし》っている。

……私の自慢の子どもたちだったはずなのに。

子どものことなら、なんでも分かっているつもりだった。

それなのにハワードとカイトが何を考えているのか分からず、誰からも羨ましがられる自慢の娘であったカサンドラはもういなかった。

幸せが私の手から、少しずつ零《こぼ》れ落ちていくような錯覚を抱《いだ》いてしまう。

家族がギクシャクとしたまま過ぎる日々に気持ちは落ち込むばかり。

気晴らしにと社交界に出てみれば、次女を見捨てた母親という心ない噂《うわさ》が広がっている。

本当のことを話そうとしても、誰も真面目《まじめ》に聞いてくれない。

今まで噂《うわさ》をされる側になったことはなく、こんなにも辛《つら》いとは知らなかった。

貴族社会で流される噂《うわさ》の恐ろしさを身をもって感じる。

あれは見えないナイフと同じで、心を切り刻み弱らせるものだと知る。

社交界では微笑《ほほえ》んで気にしないふりをするが、実際は辛《つら》くて仕方がない。

もう心身ともに限界だった。

それでも母として家族の前では精一杯明るく振る舞うが、空回《からまわ》りしているのが自分でも分かっていた。


何も解決しないまま、メアリーが平民になってから一ヶ月が過ぎた。

伯爵令嬢として育ったメアリーには平民の暮らしは辛《つら》いはずだろう。

きっと音《ね》を上げて、戻ってくるに違いないと期待して待っている。

反省して帰ってくれば広い心で受け入れようと、夫とちゃんと話し合っていた。

だからあの子の部屋は出ていったときのままにしておいた。

私は母として、愚かな娘でも見捨てるつもりはない。

他の子どもたちがどう思おうと、可愛い娘には違いなく母として味方でいてあげたい。

……母親とはそういうものだわ。

それなのに私の気持ちが平民になったメアリーに届くことはなく、帰ってくる気配はいまだない。

最近のカサンドラの言動は目に余るものがあり、ハワードとカイトの態度はどこか余《よ》所余所《そよそ》しくなってきたように感じる。

一体いつから、何が間違っていたのかと自問自答《じもんじとう》するが答えに辿り着かない。

家族に悩みを聞いてもらおうとしても、以前のような私の心に寄り添うような優しい言葉は誰もかけてくれない。

私たちの家は家族が安らげる場所ではなくなっていた。

以前は違ったのに、どうして……。

そう思いながら頭に浮かんだのは、メアリーの顔だった。

嫌な顔をせずに私の些細《ささい》な愚痴を聞いてくれていたのは大人しいあの子。

私が落ち込んでいると『お母様どうしたの？』と真っ先に声をかけてくれたのも、やはり優しいあの子だった。

メアリーがいないから以前と違うのだろうか……。

メアリーが最後に言った『考えてください。変わってください』という言葉が何度も頭のなかで繰り返される。

考えてみれば、あの子から何かをお願いされることは、滅多になかった気がする。

……えっ、十七年間も一緒に暮らしてきたのに？　まさか。

今まで我が子のお願いはたくさん叶えてきたつもりだった。

でもメアリーからあれほどまで必死にお願いされたのは、あのときのみという事実に気づき愕然《がくぜん》とする。

可愛い四人の子どもたちのことを頭に思い浮かべる。

同じように愛情をかけ、みんな平等に接してきた。お金も同じようにかけ、それぞれの個性に合わせて対応してきた。

そこに差などなかったはずだ。

その証拠に子どもたちは誰も不満など言わなかった。メアリーだって、いつも嬉しそうに微笑《ほほえ》んでいた。

そうよ、ちゃんと同じく愛していたわ。

それは子どもたちにも伝わっていたはずよ！

一瞬、頭に浮かんだ子どもたちへの対応の差をすぐさま消し去る。

メアリー以外の三人は、多少の差はあれ私にお願いをしてきた。

あの子だけがほとんどお願いしなかったのは、満ち足りていたからする必要はなかったのだと自分に言い聞かせる。

そうに違いないわ……

だってそうでなくてはおかしいもの。

でも、なぜか違和感を覚える。

私の子育ては間違っていなかった。

いつだって、理想の家族だと周りから羨ましがられていたじゃない。

……大丈夫、大丈夫よ。

何も間違っていない。自分自身にそう言い聞かせるが、言い知れぬ不安に押しつぶされそうになる。

だから芽生えた違和感にそっと蓋《ふた》をし、それ以上考えないようにする。

これまで大切にしていた何かが壊れてしまう気がして、メアリーの最後の願いに向き合わず、この言い知れぬ不安から逃《のが》れることを選ぶ。

……これでいい、私は間違っていない。

深く息を吸い、心を落ちつかせる。

人生は良い時期ばかりではない、上手《うま》くいかないときもある。

そうよ、人生は山あり谷ありだわ。いつかはこの暗闇にも希望の光がさすはず。

そう考えると少しは気が楽になった。

いつかすべてが元に戻る日を願い、日々明るく振る舞うように努力を重ねることを決心する。

メアリーが理想の家族に戻ってきたときに、私は理想の母でいたい。

……このまま変わらずに待ち続けよう。

第十章　新しい門出

私が新たな人生を始めることになったあの卒業式の日から、もう半年が過ぎようとしている。

最初の一ヶ月は、慣れないことに四苦八苦していたが、少しずつできるようになり、友人たちから手際の良さを褒められるほどになっていた。

思っていた以上に平民としての生活に馴染み、捨てた貴族としての生活や家族を惜しいと思い返すことはなかった。

今となっては、伯爵令嬢だったことのほうが不思議に感じている。

平民としての生活も板についてきて、生徒会活動や勉強も忙しいが充実した日々に満足している。

学園に通っていると、生徒から家族の話を耳にすることがよくある。

どうやら社交界では、妹の婚約者を奪った姉と浮気をした婚約者という新たな噂《うわさ》がまことしやかに囁《ささや》かれているらしい。

本人たちは必死に否定をしているらしいが、今までの行いを考えれば簡単に噂《うわさ》は消えないだろう。

あれから姉とギルバート様が婚約するに至ってはないらしい。

真実はどうあれ、周囲からは妹が家名を捨てるきっかけになった真実の愛と見られ、王族からも認められた仲だ。

もはや後戻りなどできない現状に、真実の愛を貫《つらぬ》いた二人を認めることで、これ以上醜聞《しゅうぶん》を悪化させないようにと両家は取り計らっているらしい。

それは貴族なら当然の選択だろう。

妹の婚約者と恋仲になり、妹が平民になるという決断を下《くだ》すほど追い詰めておきながら、そんなつもりじゃなかったと言ったところで周りの人々は受け入れない。

醜聞《しゅうぶん》には違いないが、噂《うわさ》を認め、真実の愛の体裁《ていさい》を保って婚約したほうがまだましだろう。

だが、当の本人たちは頑《かたく》なに拒み続けているようだ。お互いに結婚相手としては相応《ふさわ》しくないと言って、より良い相手を求めているらしい。

勝手な二人らしいとは思う。

今までの自分の行いがもたらした結果を受け入れずに、貴族として安寧《あんねい》に過ごせるのかと疑問を持つが、私にはもう関係ないことなのだ。

一方私は、最上級生として充実した生活を送っている。

平民の最優秀生徒となった私は学園内では意外なほど好意的に受け止められ、女性として初めて生徒会副会長を任された。

こんな大役は初めてのことで、人の上に立つ難しさに悩むこともあった。

しかし、それも良い経験だと思えるほど周りの人たちに支えられ、頑張ることができている。

前副会長であるエリックお手製の『副会長裏手引書』に随分《ずいぶん》助けられたが、それは内緒だ。

初めてそれの中身に目を通したときは、かなり衝撃な内容で驚いた。

……あれが公《おおやけ》になれば困る人が出てくるだろう。

なんていうか、在籍する生徒たちのあんなことやこんなことまで詳細に書かれている。

こっそり飲酒した挙句、夜の学園に忍び込み、なぜか全裸で廊下を全力疾走したなど本人にとっては絶対に知られたくないかなり恥ずかしいものばかりだった。

まあ、自業自得《じごうじとく》だけれどね。

よくもまあこれだけの情報をと思い、どんな方法で調べたのかと尋ねたけれど、『大丈夫、違法なことは一切していないから。まあ人徳かな～、あっはっは』と笑って誤魔《ごま》化《か》された。

かなり怪しいが、聞かないほうが良いことも世のなかにはある。

するとエリックはニヤリと笑って、『使ってみると便利だよ。何事も要領よくやっていかないとね』と平然と言う。

うん、これは聞くのをやめておこう！

そう思いそれ以上は聞かなかった。

『副会長裏手引書』を渡されて以来、王宮の文官になったエリックになかなか会えなくなると覚悟していた。

だが、実際は放課後に毎日のように会えていた。

働き出したばかりで大変な時期なのに「メアリーの可愛い顔が見たくなったから来ちゃったよー」と笑いながら、美味《おい》しいお菓子を持って生徒会室に顔を出しに来るのだ。

どうやら後輩の手伝いをしたいと学園側にかなり熱心に申し出て、卒業後も学園への自由な出入りが認められたらしい。

予想外だが、私にとって嬉しいことだった。

そんな特例は聞いたことはないが、三年間ずっと最優秀生徒のエリックだからこそ認められたのだろう。

流石《さすが》としか言いようがない。

それに現在の生徒会役員たちもエリックのことを慕っているので、彼を歓迎しており、実際にいろいろと助言をくれるので助かっていた。

いつものように彼とお茶を飲んでいると、たまたま二人になる機会があった。

「ねえメアリー。新しい生活にもう慣れたかい？」

家のようにリラックスした様子で、寛《くつろ》ぎながら話しかけてくるエリック。

「ええ、周りに助けられて楽しく過ごせているわ。それに思っていた以上に私は適応能《てきおうのう》力《りょく》があるみたいで、平民としての生活にすっかり馴染んでいるのよ」

「そうか、良かった！　やっぱりメアリーはすごいな！　じゃあ、そろそろまた新しいことを始める余裕はあるよね、どう？」

エリックが目を輝かせて、前のめりになり尋ねてくる。

新しいこと？

何かしら、学園の改革？

彼が何を言いたいのか分からないけれど、私が困ることを提案しないのは分かっているから素直に返事をする。

「そうね、余裕はあるわ。新しいことって何かしら？　生徒会に関すること、それとも学園全体のことかしら？」

「うーん、全然違うな」

すぐさま否定の言葉が返ってくる。

「……では、何かしら？」

彼が言いたいことの見当がつかず、首を傾《かし》げて尋ねる。

すると彼は笑うのをやめ、真剣な表情になり真っ直ぐに私を見つめる。

「メアリー、ずっと前から君に惹かれていた。今までは友人としてそばにいるだけで我慢していたけど、そろそろ限界なんだ。……友人の関係を終わらせたい。俺は君を心から愛している。これからは恋人として付き合ってほしい。君のそばにいる権利を俺にくれないか？」

偽《いつわ》りも打算もない真っ直ぐなエリックの告白。

ちゃんと返事をしないと私の想いが彼に伝わらないのに、声が出ず嬉し涙を零《こぼ》すだけ。

こんなときに、どうしてすぐに「はい」って言えないのだろう。

彼がそんなふうに想っていると考えたことがなかったので、正しい対応ができずにいる。

もどかしくてたまらない。

そんな私をエリックは優しく抱きしめ頭を撫でてくる。

「メアリーが俺と同じ気持ちでいてくれて良かった。嬉し涙を流してもらえるなんて、俺は世界一の幸せ者だな」

私の心を読み取ったかのような言葉を口にするエリック。

彼に想いが伝わったことに私はホッとする。

「……どうして分かったの。返事もできずに、涙を流すだけだったのに……」

「どれほど俺が君を見てきたと思っているの？　ずっと君だけを見てきた。ふっ、それはもう自分でも危ない奴かと思えるくらいだったかな。前に死んでも俺と君は一緒だって言ったときも冗談じゃなくて本気だったんだ。だから、メアリーが何を考えているか表情ですぐに分かるさ。あっ、もしかして引いている？　気持ち変わっちゃった？　それはまずい！　それなら今のは、なかったことにしよう！」

真剣な告白のあとは、やっぱりいつものエリックだった。

いつでも優しくて私を和ませてくれる人。そしていつの間にか誰よりも大切な人になっていた。

私は笑いながら嬉し涙を流し、彼に想いを告げる。

「なかったことにしないで。そんなエリックが大好きなの。これからは恋人としてよろしくお願いします」

「こちらこそ末永くよろしく！　なんか結婚の挨拶《あいさつ》みたいだなー」

そう言ってお互いに笑い合った。

それからはエリックと恋人として順調に過ごしている。

毎日のように彼との時間が持てることは嬉しいが、時折、仕事は大丈夫なのかと心配になる。

私のせいで、彼に迷惑がかかるようなことは本意ではない。

そのことを彼に告げると、「なんのために学園の近くの職場にしたと思っているの。大切な人に毎日会いたいからだよ。もしそれができないなら、また適当な職場を探すまでだなー」と笑って言っていた。

冗談のような答えだったけれど、彼が本気なのは分かる。

だってエリックだから。

きっと彼ならどんなことでも平然とやってのけて、ずっとそばにいてくれるのだろう。

そんなことを思っていると、エリックは後ろからそっと私を抱きしめ耳元に囁《ささや》いてくる。

「もっと簡単に毎日会える方法があるんだよね。ねえメアリーは分かっている？　俺はその日がくるのを、首を長くして待っているんだ」

彼の言葉は求婚にしか聞こえない。想いは彼と同じだけれども、今は答えを口にはしない。

「キリンになっても、エリックのことを愛しているわ」

微笑《ほほえ》みながら、ただ愛していることだけを伝える。

「その前に頼むよ。俺が人間のうちにね」

おどけた口調だけれど、彼の表情は真剣だった。

彼は私を急《せ》かすことはない。

たったひとつだけ歳上なのに彼は大人だ。いつでも私のペースに合わせ、待っていてくれる。

それが分かっているから、私も慌《あわ》てずに歩んでいける。

私は半人前だから、まだ未来の約束はできない。

でもいつか自立できたときには、私はきっと躊躇《ためら》うことなく彼に返事をするだろう。

そしてエリックとの愛を順調に育む一方で、私は自分のお小遣いを稼ぐために休日は城下町のパン屋で働き始める。

本当は以前のようにジャイナさんの花屋で働かせてもらおうと思っていたが、空《あ》いていた従業員の枠はめでたいことにジャイナさんの素敵な旦那様で埋まっていた。

『いつの間に？』と驚く私に、『好みのムキムキ優先だって言っただろう』と言って笑うジャイナさんは甘い顔をして旦那様に寄り添っていた。

すべてが良いほうに転がっていて運命を感じてしまう。

まだまだ学園以外での平民の生活を身近に見て驚くことは多かったが、将来を少しずつ想像できるようになり、気づけば平民としての自分に違和感はなくなっている。

周りからも上品な平民にしか見えないと言われつつある。

最高の褒め言葉に自然と笑みが溢れる。

平民の知り合いも多くでき、城下町を歩けば気軽に声をかけてくれる人もいる。

本当にありがたいことだ。

エリックの家族とも頻繁に交流し、未来の義娘《むすめ》として本当の娘や姉のように温かく受け入れられている。そんな状況がこそばゆいけれども、嬉しくてたまらない。

血が繋がった家族とは得られなかった絆を、彼の家族を通して手に入れることができた。

縁とは不思議なものだ。

幸せな月日はあっという間に過ぎていき、平民になることを決めたあの卒業式から一年が経過した。

今、私は一年前の自分に思いを馳《は》せる。

不安で涙を流していた自分を思い出す。

そんな私に伝えてあげたい。

大丈夫。メアリー、あなたはこれから幸せになれるから。

ただ前を向いて歩いていけばいいんだよ。

最終学年を終えた私は、明日卒業式を迎えることになる。


卒業式当日。

一年前の今日、私は新たな人生を進むことを選んだ。

大変なこともあったが、その選択を後悔したことは一度もない。

普通は貴族から平民になることは、辛《つら》い出来事なのに、私にとってはまるで逆だった。

平民になり、偽《いつわ》る自分を捨て、本当の人生を始めたことで心が楽になった。

幸せは身分やお金で決まるのではないことを知った。

確かに上質な衣類や美味《おい》しい食べ物は暮らしを豊かにしてくれる。

それは否定しないが、それ以上に大切なものがある。

大切な人がそばにいてくれること。

お互いに思いやる幸せ。

心を満たすこれらが何よりも幸せには欠かせないのだ。

こんな当たり前のことを以前の私は知らなかった。

途中で気づけて本当に幸運だった。

きっとあのままスパンシー伯爵家にいたら、一生知ることはなかっただろう。

私にきっかけをくれたエリックは今、卒業生の保護者席に座っている。私の保護者代理として卒業式に参加してくれているのだ。

普段着とは違う装《よそお》いのエリックは素敵で、思わずドキドキしてしまう。

……エリック、格好良すぎだわ。うう、あんな大人の色気は反則よ。

でも今は厳かな式に集中しなければならない。

胸の鼓動を悟《さと》られないように、表情を引き締めて式に臨む。

式は粛々《しゅくしゅく》と進んでいく。壇上に上がって卒業生代表として、無事に答辞を読み終える。

エリックのほうを見ると、私に何か言っているのが分かった。

『メ・ア・リ・ー・さ・い・こ・う・だ』

声は聞こえないけれど、その口の動きで分かる。

それは何度も言われている言葉。彼に言われると、本当に自分が最高だと思える魔法の言葉。

照れくさいけれどとても嬉しい。

壇上から下りると彼にだけ分かるように、こっそりと視線を送る。

彼も嬉しそうな表情で私を見つめ返してくれる。

この一瞬のやり取りにさえ大きな幸せを感じてしまう。

問題なく式は進み、卒業式は予定通りの時刻に終わった。

後輩の生徒会役員たちに労《ねぎら》いの言葉を贈ってから、卒業証書だけを胸に抱き式場をあとにする。

これから行く先は、学園寮の自室ではない。

荷物は朝のうちにまとめて、退寮の手続きも済ませていた。

私の新たな居場所は城下町にある小さな貸し部屋だ。エリックと同じ王宮文官に就職できた私は、新たな生活の準備を万全にしていた。

これからが本当の意味での自立だと思うと緊張するが、前しか見ないと決めている。

最後に思い出の場所である生徒会室を見たくなり、エリックとの待ち合わせ場所に行く前にひとりで生徒会室に足を向ける。

ガラガラッ。

誰もいない静かな部屋に扉を開《ひら》く音だけが響く。

なかに入ると深く息を吸い、部屋をゆっくりと見渡す。

この場所で、予想もしなかったことが起こったな。

記憶の引き出しから出てきた様々なことが頭のなかを駆け巡っていく。

驚き・喜び・悲しみ・怒《いか》り……

いろいろな感情を思い出す。そのときの自分は感情に向き合うだけで、いっぱいいっぱいだった。

でも今なら、それらすべてがきっと必要なことだったと思える。

何かひとつでも欠けていたら、今の幸せに辿り着かなかったかもしれない。

そう思うと自然と心が澄んでくる。

あれから連絡を一切取っていない家族や元婚約者のことさえ運命の一部だったと思え、負の感情は不思議なくらいもう出てこない。

あんなに苦しんでいたのに、今はもう過去として受け入れられる。

こう思える日がくるなんて、想像できなかった。

大切なのは今で、そしてこれから先の未来だ。

そんなことをひとりで考えていると、自然と笑みが零《こぼ》れる。

「やっぱりメアリーの笑顔は最高に可愛い。そして今この瞬間、その笑顔をひとり占めしている俺は世界一の幸せ者だろうな～」

その声に振り向くと、そこにはエリックが格好良く立っていた。

その手には真っ赤な薔薇《ばら》の花束がある。

赤い薔薇《ばら》の花言葉は、『あなたを愛してます』だ。

以前エリックと一緒にジャイナさんの花屋を訪れたときに、彼が私に教えてくれた。

そしてそのあと、『絶対に覚えておいて』と小さな声で呟《つぶや》いていたのだ。

忘れていないわ。

ずっと覚えていた。

あのときのエリックの表情も仕草もすべて忘れられなかった。

エリックは静かに歩き、私の前まで来ると、抱《かか》え切れないほどの薔薇《ばら》を差し出す。

「メアリー卒業おめでとう。これから君は、ますます素敵な女性になるんだろうな。そして俺はそんな君をもっともっと好きになっていく。この想いは誰にも止められない。そ俺自身でさえも止め方なんて知らない。まあ、仮に知っていたとしても止めることは絶対にないけれどね」

そう言って彼はいつものように優しく微笑《ほほえ》む。そして少し間を置いて、片膝《ひざ》を床につける。

「生涯そばにいさせてほしい。孤独になんか絶対にさせないと誓うよ。メアリー、俺と結婚してください」

私は迷うことなく、笑顔を浮かべて薔薇《ばら》の花束を両手で受け取る。

「はい、よろしくお願いします。私もあなたとこれからずっと一緒にいたいわ。でもひとつだけ訂正させてね。生涯では生きている間だけになってしまうわ。確か私たちは、死んでも一緒なんでしょう？　だから今世だけでなく、来世でも一緒にいさせてね」

愛の呪縛とも言えるような重い言葉をわざと口にする。

エリックが永遠の愛に憧れているのを私は知っている。

彼は仲の良い両親を尊敬していて、彼の父親がよく口にする『俺と妻は生まれ変わっても結ばれたんだ』という惚気《のろけ》を聞くと、嬉しそうに頷《うなず》いているのだ。

エリックに私との永遠も望んでほしい。

そういう想いから勇気を出して言ってみたのだ。

一瞬彼は驚いた顔をしてからすぐに破顔する。

「嬉しいよ、ありがとう。そうだな、俺とメアリーはこれからずっと一緒だ。それは時間なんて超越《ちょうえつ》して永遠だ！　もし俺に飽きても、絶対に君を手放さないから覚悟してくれ」

彼の真っ直ぐな言葉に、私は迷うことなく頷《うなず》く。

「エリックとなら永遠も一瞬だわ。だって幸せな時間はあっという間に感じるもの。だからどんなときもそばにいるわ。エリックこそ覚悟してちょうだい」

そう答えると、彼が私に手を差し伸べてくる。

迷うことなくその手を取り一緒に歩き出す。

これからお互いにこの手を離すことはないだろう。

どんなときもエリックと一緒なら、笑っていられる気がする。

彼もきっと同じ気持ちだと思う。

唯一無二《ゆいいつむに》の相手を見つけられた私たちは幸運なのだろう。

でもこの幸せはこれが頂点ではなく、これからもどんどん増していくはず。

きっと永遠に頂点に辿り着くことはなく、笑いながら登り続けることができるような気がする。

エピローグ

私とエリックは私の卒業式の一年後に結婚式を挙げ、私は晴れてメアリー・サルーサとなった。

暫《しば》く王宮文官として共働きをしていたが、私は妊娠を機に退職し、その七ヶ月後には娘のアメリが生まれた。

エリックはアメリにメロメロで、少しでも一緒にいる時間を増やしたいという彼と、せっかくならエリックの実家の近くで子育てをしたいという私の希望を二つとも叶えるために、職場とサルーサ商会のどちらにも近くて、利便性も抜群な場所に家を建て移り住んだ。

エリックが将来の子どもたちの安全のためにと芝生を敷き詰めた庭は、子どもが何人増えても大丈夫なほど十分な広さがある。

それをコウノトリは察知したのか、その二年後には息子のヘンリーが生まれた。

天使が二人に増え賑やかになった我が家。

現在アメリは五歳、ヘンリーは三歳になり、二人とも元気にすくすくと育っている。

子どもたちに振り回されるのは大変だが、その時間は何よりも愛おしい。

今日も我が家の庭では、いつものように子どもたちの元気な声が響いている。

「おじさーん、速く、速くー。ねーねに負けちゃうー」

ヘンリーが肩車してもらいながら、必死に声を張り上げている。

どうやらアメリに負けるのが嫌なようだ。

「よし！　しっかり掴まっていろよ、ヘンリー。アメリねーねに勝つからな、任しておけ！」

その声に鼓舞されたのか、ヘンリーを肩車している、自称格好いいおじさんは前を走っているアメリを追い抜かそうとスピードを速める。

見慣れた日常に思わず笑みが零《こぼ》れる。

現在、私のお腹には三人目の子どもがいるため、活発な子どもたちを満足させるほど一緒に遊んであげることができない。

子煩悩《こぼんのう》なエリックはよく遊んでくれる。ちょっと親馬鹿なところはあるが良い父親だ。

だが、いかんせん昼間は仕事がある。

子どもたちに一日中付き合うことなどできない。

そんなときは、あの子たちの叔父や叔母や祖父母の出番だ。子どもたちを元気な天使たちと言って可愛がってくれる彼らは、身重《みおも》の私を気遣って頻繁に相手をしに来てくれている。

大きくなったお腹を抱《かか》えた私にとって、本当にありがたいことで、その好意に甘えさせてもらっている。

今日も夕方から自称格好いいおじさんが子どもたちと遊んでくれている。彼は親戚のなかでも率先して子どもたちの世話を焼いてくれる良い叔父だった。

ただ私が通っていたあの学園に最終学年として在籍しているので、彼の忙しさを考えると心配になる。

「大丈夫？　無理しなくていいのよ。もっと自分のことを考えてね」

「平気だよ。俺は姉上に似て優秀だから全然問題ない」

こんな会話を何度か繰り返し、彼は少しでも時間が空《あ》くと我が家に顔を出す。

そんな面倒見が良い若い叔父さんに子どもたちはとても懐《なつ》いている。

走り回りながら手を振ってくる子どもたちに向かって、私も微笑《ほほえ》みながら手を振り返す。

きっとあれだけ走り回っていたら、疲れて喉を潤しに来るだろう。

そう思い、子ども二人と大人ひとりの飲み物の準備をする。

これだけ全力で遊べば疲れて夜もすぐに寝てくれるはずだ。

元気な子どもたちだから、本当に助かるわ。

可愛い我が子とカイトが遊んでいるほうに目をやりながら、最近さらに大きくなってきたお腹をそっと撫でる。

「あなたも生まれてきたら、カイト叔父さんに遊んでもらうのかしらね～」

そうお腹の子に話しかけると、元気よくなかから蹴ってきた。

どうやらこの子は生まれる前からカイトのことが大好きなようだ。

末っ子で甘えん坊だったあのカイトがこんなふうになるとは嘘みたいだわ。

こんなにしっかりするなんて想像もつかなかった。

幼い頃のカイトを思い出しながら、再び彼を見る。

すると、今度はアメリとヘンリーをそれぞれ片腕に乗せ抱っこしている逞《たくま》しい姿があった。

今はこうして弟のカイトが当たり前のように近くにいる。

でもこうなるまでには、長い空白が私とカイトの間にはあったことを思い出す。

私が平民になってからスパンシー伯爵家とは一切連絡は取っていなかった。

それはカイトとも同様だった。

年の離れた弟のことは気にはなっていたが、平民になった姉から連絡すると迷惑をかけると思い、しなかった。

……いや、それはただの言い訳だ。

本当は拒絶されるのが怖くて臆病になっていたのだ。

カイトからも音沙汰《おとさた》はなく、連絡しなくて正解だったと思うようになっていた。

結婚し子育てに追われ幸せだが忙しい日々。

気づけば元家族のことを思い出すこともなくなっていた。

だが三年前のある日、突然カイトが私に会いにやってきた。

そのときのことは今でもはっきりと思い出すことができる。

玄関の呼び鈴が鳴り玄関を開《あ》けると、見知らぬ少年が緊張した面持《おもも》ちで立っていた。

背が高く体格もしっかりしているため、もしかしたら年齢的に青年なのかもしれないと思いながら考える。

えっと……誰かしら？　エリックの知り合い？

最初は成長して私より大きくなったカイトの姿が、別れた頃のあどけない十歳の彼と重ならずに分からなかった。

戸惑いながらその少年の目を見ると、それは幼い頃のカイトと同じだった。

『まさか……カイト？　カイトなの!?』

『ご無沙汰しております、姉上』

昔は私のことをメアリー姉様と甘えるように呼んでいたが、今は姉上に変わっている。

それに声も低くなり落ちついていて、子どものときとは全然違う。

当然のことなのに、なんだか不思議でカイトの成長をくすぐったく感じる。

『会いに来てくれてありがとう。こんなに立派になって、最初は分からなかったわ。でも目だけは同じね、あの頃のまま』

私は嬉しさのあまり、目に涙を浮かべる。またカイトに会えるなんて思ってもいなかった。

そっと手を伸ばし、確かめるようにカイトの頬《ほほ》に触れる。

するとカイトは大切なものを包み込むように、手を重ねてくれた。

『来るのが遅くなってすみませんでした。ちゃんと反省してからと思っていたら、こんなに時間がかかってしまいました。本当はすぐに会いに来たかったんだけれど……あの――』

『いいのよ、あなたからこうして会いに来てくれたのだから。それだけで嬉しいわ』

口ごもる弟に何か事情があったのだろうと思い、理由は聞かなかった。

きっと両親に止められていたのだろう。カイトがあの家で苦労していると思うと、姉として申し訳ない気持ちになる。

ホッとしたような表情をしたカイトは勢いよく頭を下げる。

『姉上、本当に申し訳ありませんでした。あの頃の俺は本当に馬鹿な子どもでした。甘やかされて自分のことしか考えなくて、姉上がどんなに辛《つら》い思いをしていたのか気づかずに傷つけました。今さら謝っても傷つけた事実はなくならないけど、それでも俺は姉上との縁を切りたくありません。……もし許されるのなら、やり直したいです。これからも姉上と呼ばせてもらえませんか……』

最後のほうは自信がなさそうに声が萎《しぼ》んでいく。

大きな体が小さく見えた。

その姿は、悪戯《いたずら》をしたあとに謝る幼い頃のカイトそのものだった。

ふっ、こんなところも変わっていないのね。

私はカイトを抱きしめ、優しくその背中を叩く。

『私はいつでもあなたの姉よ、昔もこれからも。そうでしょう？　カイト』

『……は、はい！　姉上』

嬉し涙を流すカイトを私は温かく見守る。

それから数年間の空白を埋めるべくお互いのことや思っていたことなど偽《いつわ》りなく一日中話し続けた。

そして話の自然な流れでカイトの口から元家族の話題が出てきた。

今までも知ろうと思えばいくらでも知る手段はあったが、必要がないことだからとあえて知ろうとはしなかった。

だがもう特に気にすることはないので、その話題をあえて避ける理由もなく、元家族の近況に耳を傾ける。

あれから姉とギルバート様は両家の必死の説得にもかかわらず、お互いに婚姻を拒否し続けていたらしい。

だが結局、条件に合う結婚相手が見つからずに二人は婚姻を結ぶことになった。

姉は伯爵家に相応《ふさわ》しい豪華な挙式を望んだが、醜聞《しゅうぶん》のあとの婚姻のためマドール伯爵家はそれをよしとせず、かなり揉めることになった。

結局は嫁《とつ》ぐ姉が折れることで落ちつき、こぢんまりとした挙式を最悪の雰囲気のなか行ったようだ。

『……あれは史上最悪の挙式でした』

そう呟《つぶや》きながらカイトが遠い目をしている。挙式はかなり悲惨《ひさん》なものだったのだろう。

さらに姉はマドール伯爵夫妻からは距離を置かれ、嫁としての立場は微妙らしい。ギルバート様との結婚生活も順調とは言い難《がた》いようで、頻繁に泣きながら実家に帰ってきているようだ。

『やっぱりなって感じで、驚いていないけど……』

そのうんざりした口調からカイトが辟易《へきえき》していることが伝わってきた。

……はぁ、お姉様は全《まった》く変わっていないのね。

マドール伯爵夫妻もきっと困っているだろう。お世話になった彼らのことを考えると気の毒に思ってしまう。

次に、兄についてカイトから教えてもらう。

姉が嫁《とつ》いだあとに、兄も結婚をしたが、妻と両親の板挟みになり胃薬が手放せない毎日を送っているらしい。

どうやら妻となった女性は思いの外《ほか》ハキハキと意見を言う人だったらしく、理不尽な両親の言動や曖昧《あいまい》な兄の態度をよしとせず、毎日のように彼らと衝突しているという。

『義姉上は、なんていうか、とってもパワフルな女性ですよ。まあ、あの兄上にはちょうどいい人とも言えるかな。……でも俺は絶対に遠慮したいけれど』

カイトは苦笑いしながらそう言っていた。

板挟みの兄は可哀想《かわいそう》かもしれないが、将来生まれてくる兄の子のためにはそれも致し方ないことだろう。

それにしっかり者の妻を得た兄は、ある意味幸せ者といえるだろう。

……お兄様、問題から目を背《そむ》けることでは何も解決しないわ。

今度はちゃんと向き合ってほしいと願うばかりだ。

そして最後に両親のことを聞いた。

両親は相変わらずで、全《まった》く変わろうとしないらしい。自分たちの言動に疑問を持たず、上手《うま》くいかなくなった原因を他に求めてばかりいる。

今は専《もっぱ》ら兄の嫁のせいにしているそうだが、返り討ちにされて毎日嘆き暮らしているという。

気晴らしに社交界に出ても、周りから変に噂《うわさ》され、同情されない現実が待ち構えている。

最近は両親ともに屋敷に籠りがちになっているようだ。

だが自業自得《じごうじとく》とはこのことだろう。

自分たちで変わらない道を選んだのだから、これは当然の結果だった。

元家族の現状を聞き、あの両親のもとで暮らしているカイトのことが心配になる。

『カイト、私がいなくなって家族のなかで辛《つら》い思いをしているのではない？　大丈夫？』

私からの問いに少し考えてからカイトは返事をする。

『最初は正直辛《つら》かったかな。兄上や両親に頼れず、現実に打ちのめされました。でも俺は幸運にも自分で考えられる年齢だったから気持ちを切り替えられた。ああいう人たちのことで、悩んでも仕方がないって早々に割り切ることができたのです。俺って意外に単純だったみたいだ。期待せずに同居人くらいに思えば、あの人たちとの生活も苦ではないし、人間観察として学ぶこともあって面白いかな。だから今は、辛《つら》くはありません』

そう言うカイトは私に気を遣って言っているのではなく、本心だと表情で分かる。

私のように悩んでいないと分かり少しホッとする。

さらに彼は話し続ける。

『俺は学園を卒業したら、騎士になるので家を出ます。それまではせいぜい家名を利用させてもらうので、お互い様ですよ』

そう笑って話すカイトは私と会わない数年間で、随分《ずいぶん》と成長したようだ。

彼も将来を自分の手で切り開《ひら》いていくことを決めている。その姿は逞《たくま》しく、幼かったカイトが大人になっていくのを感慨深く感じていた。

そして私たちの間にあった溝が埋まり、姉弟としてまた新たな絆を結ぶことができた。

予想もしていなかった出来事に私は喜びを露わにする。

カイトだけは私の元家族を毛嫌いしているエリックも、『メアリーがいいなら俺はいいよ』とあっさりと受け入れてくれた。

そして月日は流れ、今こうして穏やかで満ち足りた日々を過ごしているのだ。

子どもたちとカイトの楽しそうな姿を見て、カイトと再会したときのことを思い出しながら考える。

あのときは、こんなふうに笑い合えるとは思っていなかった。

再会後は我が家にカイトが遊びに来るようになり、こうして子どもたちからも懐《なつ》かれるほどになっている。

幸せを感じながら愛おしい子どもたちを見ていると、ふいに後ろから優しく抱きしめられた。

「ただいま、メアリー。調子はどうだい？　お腹の子に蹴られすぎて困ってない？」

エリックはチュッと髪に口づけを落としながら、私のお腹を愛おしそうに撫でる。

「エリック、お帰りなさい。今日は早くに帰れたのね。お腹の子は元気で、私も大丈夫よ」

エリックは嬉しそうな顔をして唇に何度も軽く口づけする。

周囲などお構いなしの甘い時間。

どちらが言い出したわけでもないけれども、これを欠かしたことはない。

お互いに熱い目線を交わしていると、元気な声が近づいてきた。

「お父さーん、おかえりなさい」

「おとーさん、かえりー」

そんな声と同時にアメリとヘンリーは我先にとエリックに飛びついてくる。

エリックも子どもたちを目に入れても痛くないほど可愛がっているので、二人をギュッと抱きしめる。

「俺のちびっこ天使たち、今日もお利口にしていたか～」

「ちゃんとしてたもん」

「したー」

「そうか、二人とも偉かったなー。流石《さすが》だ！」

エリックに褒められた二人はキャッキャッと笑いながら喜んでいる。

これもいつもの日常。

当たり前の光景だけれども、とても愛おしく大切なものだ。

微笑《ほほえ》ましく思いながらエリックたちを見ていると、カイトが隣にやってきた。

「義兄上《あにうえ》、お邪魔しています！」

ビシッと直立不動でエリックに対して挨拶《あいさつ》をする。

「ああ、カイト。忙しいのにいつも子どもたちの相手をしてもらって悪いな」

「いえ、大丈夫です！」

これもいつものことで、なぜかカイトはエリックに対して必要以上に丁寧な態度で接しているのだ。

疑問に思い以前カイトに尋ねてみたことがある。

『どうしてエリックにはその態度なの？』

『……そ、そうかな』

なぜか口ごもる彼の代わりにエリックが答える。

『きっと騎士の道を目指しているから、礼節を重んじているんじゃないかな～。うん立派だね、カイト』

『……は、はい、その通りです。ありがとうございます！』

こんなやり取りがあったが、上手《うま》くはぐらかされたような気がする。

でもエリックはカイトを義弟《ぎてい》として認めている。

きっと義兄弟となった男同士の絆なのかもしれないと最近では思っている。

子どもたちを中心にして賑やかな我が家。

そこには偽《いつわ》りも孤独もない。

あるのは溢れるほどの愛情と信頼と笑顔だけ。

私が子どもだったときは得られなかったものがここにはある。

そう思うといつも嬉しくて泣きそうになってしまう。

エリックがそんな私に気づく。

「俺の愛する奥さん、どうしたの？　微笑《ほほえ》みながら目がうるうるしているけど、それは嬉し涙だよね？　俺たちの天使があまりにも可愛いからかな～。うん、俺もそれには同意だな」

笑いながらそう言ったあと、少し口調を変えて言葉を続ける。

「……まさかカイトじゃないよな。それは許せん！　義弟《ぎてい》とはいえアイツは男だ。俺を差し置いてメアリーの関心を引くなんて許せないな。どうしてくれよう……まずは出禁にしてやるか」

ブツブツ言いながらもウィンクをしてくるエリック。

結婚してからも、こういうところは変わっていない。

いつも私を笑顔にさせてくれる優しい人。

彼の思惑通り私は笑いが込み上げてくる。

「私の関心の一番はエリックよ。だってこんな素敵な旦那様なんですもの。この幸せをくれたエリックを想って、嬉し涙が出てしまったの」

「そうか、そうだよな！　やっぱり俺の奥さんはいつでも最高に可愛いな」

このあとの私たちには、熱い口づけが待っている。

これもいつものことで、カイトは子どもたちを連れてそっとその場を離れていく。

彼は家庭内での人間観察で空気を読む力を磨いたようだ。

エリックに優しく抱きしめられながら、いつも思うことがある。

私の孤独に気づいてくれたのが彼で良かった。

……あのとき孤独で良かったと。

私に幸せを教えてくれたのは、孤独から救ってくれた彼でした。

番外編

再会までの長い道のり

僕――カイト・スパンシーが十歳のときに、メアリー姉様は家名を捨て平民になることを選んでしまった。それは人生のなかで一番辛《つら》い出来事だった。

カサンドラ姉様の卒業式当日の朝。

メアリー姉様がいない朝食の席で、母上は嬉しそうに告げる。

「今日の夜は家族揃って卒業のお祝いをするわよ。そのときにメアリーが最優秀生徒に選ばれたお祝いもしましょう。あの子は意地を張っているけれど、きっと家族の一員に戻りたがっていると思うの……。だからみんな広い心で許してあげましょう？　ねっ！」

僕以外の家族は頷《うなず》いている。

でも僕は母上の言う広い心がよく分からない。

メアリー姉様を僕たちが許すの……？

でも、本当にメアリー姉様が悪いの？

なんか違うよね……おかしいよ。

上手《うま》く言えないけれど、ムズムズするような違和感を覚える。

きっと前の僕なら真っ先に頷《うなず》いていたけれど、今は素直に頷《うなず》けない。

口ではちゃんと伝えることができないけれど、おかしいってことだけは分かる。

でもそんな気持ちとは裏腹に、また前のようにメアリー姉様と一緒にいられると思うと嬉しくて仕方がなかった。

まずは、酷《ひど》い態度をとってごめんなさいってメアリー姉様にちゃんと謝ろう。

そして許してもらうんだ。

それから、また一緒に遊んでもらおう。

今度はメアリー姉様を傷つけない自信がある。

そして、何よりも最優秀生徒になったお祝いをちゃんとしてあげたかった。

実はこっそりとお祝いの贈り物も用意している。

「では行ってくるわね」

朝食後、準備を済ませたカサンドラ姉様が微笑《ほほえ》みながら僕に手を振る。

最近は不機嫌な顔ばかりして僕とぶつかることが多いカサンドラ姉様も、今日ばかりは朝から機嫌が良いみたいだ。

父上と母上もそんなカサンドラ姉様を見て、にこやかに微笑《ほほえ》んでいる。

それだけ見ると以前の我が家に戻ったような気がするけれど、本当は何も解決なんかしていない。

卒業式に向かう両親とカサンドラ姉様を兄上や使用人たちと一緒に見送る。

そこにはメアリー姉様の姿だけがない。

生徒会役員として式の最終準備を手伝うために、朝早くにひとりで学園に向かったらしい。

最優秀生徒に選ばれたメアリー姉様にとっても今日は晴れの舞台なのに、誰にも見送られることなくひとりで馬車に乗ったようだ。

寂しくなかったのかな……

それとは対照的に、盛大に見送られ上機嫌な三人をなんだかモヤモヤする気持ちで見送っていた。

それでも今夜になれば、久しぶりにメアリー姉様の温かい笑顔が見られる。

そう思うと夜になるのが待ちきれなかった。

こんなに楽しい気分になったのは本当に久しぶりだった。

だが、卒業式から帰宅した両親とカサンドラ姉様は、どう見てもお祝いムードとはかけ離れていた。

眉間《みけん》に皺《しわ》を寄せ厳しい表情の父上。

いつも外見に人一倍気を使っているカサンドラ姉様も髪型がところどころ崩れたままで、泣いたことがすぐに分かるほど目と鼻の頭が真っ赤になっている。

それに、そんな二人に両脇を支えられて歩いている母上は、見るからに憔悴《しょうすい》している。

えっ、一体どうしたの!?　何があったの？

戸惑う屋敷の人々に三人は無言のままだった。

そして、一緒に帰宅してくると思っていたメアリー姉様の姿はどこにもない。

いつまで経ってもメアリー姉様は帰ってこなかった。

なんだか嫌な予感がする……

夕食の時間になるといつも通り席に着く。

豪華な料理が並んでいるけれど、お祝いとは程遠い雰囲気に僕はドキドキしてしまう。

そして父上から告げられたのは衝撃の事実だった。

「メアリーは平民になることを自ら選んだ。家族を捨てたんだ。もう二度とここには戻ってこないだろう」

頭のなかが真っ白になった。

えっ……う、嘘……

もうメアリー姉様は僕の姉様じゃないの？

父上の言っていることの意味は理解していたけれど、心が追いつかない。

本当は泣き喚《わめ》きたかった。

嫌だと怒鳴《どな》りたかった。

心のままに言葉を吐き出そうとしたその瞬間、父上の後ろに控《ひか》えている執事と目が合った。

それは穏やかな視線。

ちょっとだけ考える時間が僕のなかで生まれる。

……なんだか心のなかで渦まく思いを、そのまま言ってはいけない気がした。

冷静な言葉を告げる兄上。

そのあとに続いて僕は絞り出すような声で家族に向かって言う。

「……いつも優しくしてくれたメアリー姉様の気持ちを大事にしたいから、僕は我慢する」

……この気持ちは本心ではなかった。

メアリー姉様の気持ちは大事だけれど、それ以上に僕のそばにいてほしかった。

でもそんな我儘《わがまま》を言ったら、メアリー姉様と僕をかろうじて繋いでいる糸のようなものが切れてしまう気がした。

だから、なんとか我慢したのだ。

その晩はひとりで一晩中声を上げて泣いた。

メアリー姉様がいなくなった寂しさ、不安、自分の無力さ、家族への不満。

何が一番辛《つら》いのかさえよく分からない。

自分の気持ちは、ぐちゃぐちゃだった。

こんなに辛《つら》いことはもうないだろうと思っていた。

でも、それは間違いだった。

これは本当の意味で辛《つら》い生活の始まりだった。

家族の歪《ゆが》みを修正してくれる人はもう誰もいない。

そもそも歪《ゆが》みに気づいていない両親やカサンドラ姉様、気づいているのかもしれないけれど何もしない兄上と、そして無力な僕。

この組み合わせは最悪だ。

家は安らぎの場のはずなのに、家族といると気が休まることはない。

それどころか苦痛だ。

ああ、早く大人になりたい。この家から早く出ていきたい。

考えるのは毎日それればかりだった。


そして一年が過ぎメアリー姉様が学園を卒業したあと、王宮の文官になったことを知った。

もういてても立ってもいられなかった。

メアリー姉様に会いたい！

相談に乗ってもらいたい。会ってこの状況をどうにか変えたい。

助けてほしい。

僕はメアリー姉様に会うために、時間があれば王宮の周りを当てもなく歩き回るようになった。

偶然メアリー姉様に会えることに、一縷《いちる》の望みをかけたのだ。無駄足に終わる日が続いたが、諦めることなく王宮の周りを歩いていると、ついにメアリー姉様を知っている人から声をかけられた。

「俺はエリック・サルーサ。君は王宮で働いているメアリーの弟かな？　なんだか似ているから、もしかしてと思って声をかけてみたんだ。俺は君の姉さんの知り合いだよ。ねっ、怪しい人じゃないでしょう？」

メアリー姉様の知り合いだというその人は、王宮文官の制服に身を包み、礼儀正しく身分証明書まで見せてくれる。

「ありがとうございます！　僕はカイト・スパンシーで、メアリー姉様の弟です。どうしてもメアリー姉様と連絡を取りたいんだけれど、会えなくて……」

僕は会えない理由を話すかどうか迷ってしまう。

家族の歪《ゆが》みによって、姉が平民になったということを他の人に伝えるのは恥ずかしい。

黙ったままの僕に、エリックさんは助け舟を出してくれた。

「まあこんな所じゃなんだから、あそこの店にでも入ろうか？　困っているなら助けてあげるよ」

「は、はい。お願いします！」

彼はお店に入ると、穏やかに店員に何かを告げる。そして案内された席は高そうな個室だった。

自分でお金を持つ習慣がない僕はどうしようかと戸惑う。

「大丈夫だよ。ここは知り合いの店だ」

エリックさんはそう言って、僕の不安を拭ってくれる。

勧められるままに席に着いた僕に、目の前に座った彼が改めて自己紹介をする。

「改めて、俺はエリック・サルーサだ。よろしく。それで、カイト君はどうしてメアリーに会いたいの？　俺が手助けできることはするよ。気軽に話してごらん」

微笑《ほほえ》みながらそう言うエリックさんは、包み込むような優しさを感じさせる不思議な人だった。

だから初対面にもかかわらず、僕はメアリー姉様に会いたい理由を話し始める。

彼は僕の話に相槌《あいづち》を打ちながら、一切否定せずに聞いてくれた。

それがとても心地よくて話し終える頃には、家族の歪《ゆが》みなどすべてを彼に打ち明けてしまっていた。

……はぁ、全部伝えられた。良かった、これで僕はメアリー姉様に会えるんだ。

あの家から助けてもらえる。やっと逃げ出せるんだ。

エリックさんは優しい声音でもう一度確認してくる。

「カイト君、もう言いたいことはそれで終わりかな？　大丈夫？　言い忘れたことはない？」

「はい！　ありません、大丈夫です。いつメアリー姉様と会えますか？」

早く会いたくて仕方がない。

僕は嬉しくて身を乗り出してしまう。

「あっはっはっ、面白いことを言うんだな。会えるわけないだろうが」

彼は笑いながらそう言い放つ。

「……えっ」

にこやかだったエリックさんの雰囲気が一変した。

先ほどまでと同一人物だと思えないほど、怒気《どき》を発している。どうしてそうなったのか分からないし、怖くて身動きができない。

「結局お前はなぁ、少しも反省なんてしてない。自分が今の状況から抜け出すために、またメアリーを利用しようとしているんだ。被害者ぶって家族の批判をしていたけど、今のお前と歪《ゆが》んでいるその家族はどこが違うんだ？　お・な・じ・だ・よ。そういうのを同じ穴の狢《むじな》って世間では言うんだ」

「……」

大人の男の人の本気の怒《いか》りをぶつけられ、僕は何も言えずにただ泣くしかなかった。

エリックさんは容赦なく言葉を続けてくる。

「チッ、泣いて甘えるな。お前はたった一年間我慢しただけだろう。それだけで今までメアリーにしてきたことが全部許されると思うな。そんな甘いもんじゃない。子どもだったからって、自分勝手に自分のことを許すな。その権利はお前にはない。許すかどうかは、やられて傷ついたメアリーが決めることだ！」

エリックさんの言葉にハッとする。

……僕は一年間、家族のなかでずっと我慢して耐えてきた。

いつの間にか僕は理不尽な仕打ちを受けている被害者だから、当然助けてもらえると思っていた。

優しいメアリー姉様なら見捨てるはずないと信じて、絶対に助けてくれるはずだと自分の願いを押し付けようとしていた。

自分の都合に良いように考え、今のメアリー姉様の状況も気持ちも考えなどしなかった。

……あっ。僕、あの家族と同じなんだ。

まだ、同じなんだ……

うっうっ、う……

もう泣くしかなかった。

怒《おこ》られると思ったから泣きたくなかったけれど、涙が止まらない。

僕は暫《しばら》く泣き続けていたけれど、エリックさんは腕組みをしたまま微動だにしなかった。

叱ったあとに優しい言葉をかけて、フォローすることもない。

ただ僕を鋭《するど》い目でじっと見つめているだけ。

あぁ、僕の甘さやずるさを見透《みす》かされているんだな。

この人には甘えなんか通じない。

自分の愚かさを指摘された。成長したつもりになっていただけで、心の底はちっとも変わっていなかった。

今さらどう言い訳しても、きっと自己保身《じこほしん》だとすぐに見抜かれてしまうだろう。

僕は、本当に最低だったな。

もう諦めて帰ろう、ここにはいられない。

僕は涙を拭いて立ち上がると深くお辞儀をする。

「……いろいろとご迷惑をおかけしました」

そのまま帰ろうとすると、エリックさんがおもむろに口を開《ひら》いた。

「俺はお前が嫌いだ、最低だと思っている。勝手なことばかりほざいて自分のことしか考えない奴だからな。だが、お前の話のなかで唯一認める点はあった。それはな、メアリーへの思慕《しぼ》だ。それだけは本物で計算も保身もなく真っ直ぐだった……。だがそれだけだ」

彼がどうしてそんなことを言い出したのか分からない。

でも理由なんて聞ける雰囲気ではなく、そんな勇気も僕にはなかった。

「あ、ありがとう……ございます」

お礼を言って帰ろうとすると、エリックさんが僕の背中に向かってさらに話し続ける。

「だからお前にチャンスをやることにした。これから俺はお前がメアリーと会うに相応《ふさわ》しい奴かどうか見極めてやる。少しずつでも成長を見せれば、いつかは会えるかもしれん。だが、だめだと判断したら俺は即座にお前を切り捨てる。二度とメアリーとは会わせない。どうする？　お前が決めろ」

僕は慌《あわ》てて振り返ってエリックさんのほうを見る。

彼の表情は真剣そのもので、その眼差《まなざ》しは冷たいなんて生易しいものじゃない。

生まれて初めて、僕は人が怖いと思った。

きっとだめだと判断されたら、僕は酷《ひど》い目に遭うに違いない。

腕の一本や足の一本がなくなるのかな。

嫌だ。怖いな……

でもメアリー姉様に会いたい。自分が家から出たいという気持ちは関係なく、もう一度だけでいいからあの笑顔を見たい。メアリー姉様とまた呼びたい。

その気持ちだけは抑えられなかった。

「あの……チャン――」

「よしっ！　ぎりぎり合格だな」

僕が頼む前になぜかエリックさんは、チャンスをくれることにしたようだ。

えっ？　どうして？

「お前は今、自分の損得ではなく、会いたいという純粋な気持ちだけでメアリーのことを考えただろう。即答でないのは気に入らないが、認めてやる。俺も鬼ではないからな」

「は、はい！　ありがとうございます！　これからよろしくお願いします！」

それから僕は定期的にエリックさんと会うことになった。

そして鬼ではないという彼の言葉が嘘だったと知ることになる。

彼は毎回、僕に課題を与える。統一性はなく、あるときはメアリー姉様への謝罪文を書き、またあるときは平民の子どもに交じって遊ぶだけ、ときには知らない大人と話をすることもあった。

丁寧な説明も何もなく「これをやれ」とぶっきらぼうに指示してくるだけ。

最初は意味も分からず、ただがむしゃらに取り組んでいた。

何度も何度もだめ出しされ突き返され、やり直しを命じられる。

理由も言わず、何も教えてくれない。

……正解がなんなのか分からない。

心が折れそうになり、何度も投げ出したくなった。

するとエリックさんはそれを察したように「やめてもいいぞ、お前が決めろ」と突き放す言葉を投げつけてくる。

きっと僕がやめると言っても、彼はなんとも思わないんだろう。

でもそんなときに、頭に浮かぶのはメアリー姉様の笑顔。

……そうだ、僕はまたあの笑顔を見たいから頑張っているんだ。

自分を奮い立たせ、また一からやり直す日々。

最初は受け身だった僕は、次第に課題をやる意味や、どうしてやり直しになっているのかを自分で考えるようになった。

するとただの単調で辛《つら》いだけだった課題が、意味のあるものに姿を変えていく。

朧気《おぼろげ》だが、だんだんと何を学んでいるのか見えるようになってきた。

そんな日々のなかでエリックさんとの距離も少しずつ縮まっていく。

彼がメアリー姉様とどんな関係で、どれほど大切に想っているのかを知った。

なんだか僕のメアリー姉様を取られたようで悲しくもあった。

でも、エリックさんが隣にいるメアリー姉様はきっと幸せだと思えて嬉しかった。


エリックさんと初めて会った日から数年が経過し、俺はもう十五歳になった。

課題から何を学んでいるのかはっきり認識できるようになり、ついにメアリー姉上に会うことを許された。

「おいカイト。もうメアリーに会いに行っていいぞ。これが住所だ。家の周辺を警備している者にも話を通しておくから、直接訪ねても大丈夫だ、止められはしない」

そう話しかけてくるのは、俺の姉上と数年前に結婚したエリックさんだ。

もう義兄《ぎけい》だけれど、メアリー姉上から受け入れられるまでは義弟《ぎてい》とは認められていない。

「ありがとうございます。明日早速、メアリー姉上に会いに行きます」

嬉しいけれど、受け入れてもらえるか不安がある。

メアリー姉上が家を出ていってから、手紙のやり取りさえ一度もしていない。

「分かっているだろうが、もしメアリーが受け入れないときには潔《いさぎよ》く諦めろ。グダグダ言ったりしたら……分かっているよな……」

エリックさんはそう言いながら凄《すご》んでくる。

もう付き合いも長いので、彼の言葉のあとに続くだろう内容は容易に想像できた。

嫌な汗が俺の背中を流れるのが分かる。

でも引かない、メアリー姉上に会いたい気持ちのほうが恐怖より勝っている。

「はい、分かっています。メアリー姉上を困らせるような真似はしません」

「そうか、分かっているならいい。まぁ今のお前なら大丈夫だと思うがな。義兄上《あにうえ》と呼ばれるのを楽しみにしているからな、カイト」

そう言うと俺の背中をバンッと手加減なしで叩き去っていく。

その横顔はどこか誇らしげで、笑っているように見えた。

そして数年ぶりにメアリー姉上と再会し、無事に受け入れられた俺は今、エリックさんを「義兄上《あにうえ》」と呼んでいる。

アメリとヘンリーからは懐《なつ》かれて、もう可愛くて仕方がない。

だから頻繁に遊びに来てしまう。

両親や兄はそんな行動を良く思わず、『必要以上に関わるな』と何度となく言ってくる。

だがそんなことは関係ない。

俺にとっては、メアリー姉上の家族との関わりは大切で必要なことだ。

誰がなんと言おうと、自分で考えて決める。

それが重要だ。

義兄上《あにうえ》から口を酸っぱくして『考えろ、流されるな。お前が自分で考えて決めることに意味がある』と言われたことを今でも思い出す。

義兄上《あにうえ》との濃厚な数年間が今となっては懐かしく、自分の糧《かて》になっている。

俺自身が自分の力で学び取るまで、何度でも根気よく付き合ってくれた。

決して見捨てなかった。

義兄上《あにうえ》は、本当にすごい人だ。

……俺もいつか、ああなりたいな。

あのときは大変だったけれど、俺と真剣に向き合ってくれた義兄上《あにうえ》には感謝しかない。

いつものようにサルーサ家に遊びに行くと、義兄上《あにうえ》と二人になる時間があった。

尊敬している義兄上《あにうえ》とゆっくり話せる時間は貴重で、最近の学園の様子や卒業後の進路などについて聞いてもらう。

「そうか、やはり騎士になるつもりなんだな。きっとカイトなら立派な騎士になれる、頑張れよ」

「はい、ありがとうございます！」

義兄上《あにうえ》はお世辞など俺には言わない。

だから義兄上《あにうえ》の言葉は、俺の心に響き背中を押してくれる。

嬉しくて頬《ほほ》が緩んでいる俺に義兄上《あにうえ》が質問をしてくる。

「そう言えば以前、卒業したら家名を捨てて平民になるつもりだと言っていたが、今も考えは変わらないのか？」

「はい、そのつもりです。平民だって騎士になれますから、あの家はもう俺には必要ありません。俺はメアリー姉上みたいに自分の力で幸せになりたいと思っています。貴族に縛られるのもごめんです」

てっきり俺の考えに賛成してくれると思っていたが、義兄上《あにうえ》は腕を組んで考え込んでいる。

「カイト、以前俺に好きな子のことを話したよな？　『結婚を前提に付き合いたい』って話のことだが、覚えているか？」

以前酔った勢いでポロっと言った恋愛話を出されて俺は顔が真っ赤になる。

「な、なんですか。いきなり……」

「いいから、その話はまだ有効なのか？　真面目《まじめ》に好きなのか？　それとも終わったことか？　どっちなんだ、はっきりしろ」

素面《しらふ》では答えづらい質問を直球でする義兄上《あにうえ》の表情は真剣だった。

照れてしまうけれど、俺は正直に答える。

「もちろん覚えています。それに気持ちは変わっていません。ですがまだこれと言って進展はないですけど……」

「そうか分かった。別に興味はなかったが、たまたま噂《うわさ》を耳にしてな……。お前が好きな生徒は、カローア商会の代表の娘だ。知っているか？」

……もちろん知っている。

両親ともに経営に携わり評判の良い商会だ。あの子もそんな両親のことを楽しそうに話してくれていた。

どうしてそんなことを言い出すのか訳が分からないが、俺は黙ったまま小さく頷《うなず》く。

「あの親子はもちろん平民だ。だが商会の代表を務めるリチャード・ドエインは貴族と繋がりがあるらしい。さらに、カイトの好きな子は貴族の叔母に可愛がられているようだ。まあ偶然、噂《うわさ》を耳に挟んだだけだが……。まあ、なんだな……もしかしたらカイトが貴族であることが、有利に働く可能性もあるかもしれないな。使えそうな切り札は、捨てずに取っておくのも悪くはないと思うぞ。カイト、頑張れよ」

義兄上《あにうえ》はニヤリと笑いながらそう言うと、俺の背中を軽く叩いて足早にメアリー姉上の元に向かった。

こんな情報は、たまたま耳に挟むことはあり得ない。

きっと調べなければ分からないことだ。

たまたまとか偶然とか多すぎる……

義兄上《あにうえ》を数年間見てきて分かったことがある。

彼は自分が大切に想っている相手にはいつでも最善を尽くす人ということだ。

さり気なく悟《さと》られないようにやっているつもりだが、今みたいにばればれのときもある。

ただこの情報はすごく助かった。家名の利用価値があるのなら、急いで捨てる必要はない。

でも、それよりも嬉しいことがある。

どうやら俺は義兄上《あにうえ》にとって、いつの間にか大切な義弟《ぎてい》になっていたらしい。

その事実にひとりでにやけながら小躍りしていると、不思議そうな顔をして可愛い天使たちが俺を見上げていた。

「変なおじさーんだー」

「変なのー」

俺の真似をして小躍りするアメリとヘンリーに慌《あわ》てるが、もう遅かった。

その日を境に俺は「格好いいおじさん」から「変なおじさん」になってしまった。

だが、こんなに幸せだからいいだろう。


それから数日後。

今日は生徒会の奉仕活動の一環として、城下町のお祭りに参加している。

これは数年前の生徒会役員たちが始めたことが、あまりに好評だったため、定番の行事となった。

今日は俺も張り切って、数代前から受け継がれている秘伝の串焼きを売っている。

今年も大繁盛《だいはんじょう》しており、休む暇もないほど忙しい。

だが、そんなことはお構いなしに友人のジャンが声をかけてくる。

「おい、カイト。まだ来ないのか？　まさか俺がトイレに行っている間に、来ちまったなんてことはないだろな……。それだったら俺は泣くぞ、喚《わめ》くぞ、グレるぞ！」

おかしなことを口走り、残念な人になっているジャンを冷めた目で見る。

「なあ、まさか急用が入って予定を変更してないよな？　絶対に会えるよな？　カイト、大丈夫だって言ってくれ。そうしないと俺は……ほら、泣けてきた……」

ジャンを見ると本当に目が潤んでいて、ぎょっとしてしまう。

……勘弁してくれよ。男の涙なんて見たくないし、慰《なぐさ》めるのもお断りだ。

「しつこいぞ。俺は一緒に住んでいるわけじゃないし、朝からお前と一緒にここにいるんだから知るわけがないだろう。それに今身籠っているから、体調が悪くなったら来ないことだってある。グダグダ言ってないで、屋台に集中しろよ」

俺の言葉にジャンだけでなく、周りにいる役員全員が溜息を吐き、俺をなんとも言えない目で見てくる。

……はあ、やめてくれ。

溜息を吐きたいのは俺のほうだ。

同じ台詞《せりふ》ではないが、似たようなことをみな俺にぶつけてくる。

成績優秀で一目置かれるような生徒の集まりである生徒会役員たちだが、今日はみなそわそわしていて朝から落ちつきがない。

これはお祭りでテンションが上がっているからではなく、ある人物が屋台に顔を出すことになっているからである。

彼らがこれほど首を長くして待っているのは、俺の姉であるメアリー・サルーサだ。

貴族という柵《しがらみ》に囚われず、自らの力で運命を切り開《ひら》き、いつでも凛《りん》と前を向いていたメアリー姉上の活躍は代々語り継がれ、今では生徒たちの憧れとなっている。

さらに女性初の生徒会副会長だったとき、女性視点から様々な改革を行っていたので、生徒会役員たちの間では伝説の女神のような扱いになっている。

確かにね、姉上はすごいよ。それは否定しない。

でも人間だから……な。

そんな姉上が屋台に顔を出すと言っていたことを思い出し、そのことを何気なく役員に伝えた。

すると、男女問わずテンションが上がりっぱなしで、待ちきれない奴らがちらほらおかしくなっている。

伝えるんじゃなかったと後悔してももう遅い。

……頼む、姉上。

このままじゃ生徒会の沽券《こけん》に関わる。なるべく早く来てください！

心のなかでメアリー姉上に祈っていると、救いの天使たちが現れる。

「カイトおじさん、こんにちは。串焼き、たくさんくださいな！」

「おじさーん、ぼくにもいっぱい、ちょーだい！」

小さな手にお金をのせた可愛いちびっこ二人組の登場に、みな表情が緩む。

「二人ともすごくお利口さんで可愛いわね。カイトの知り合い？　二人だけで来たの？　偉いわね」

ひとりの女生徒が、屈んで話しかける。

どうやらこの子たちが誰の子どもか気づいてはいないようだ。

「ううん、お母さんとお父さんも一緒に来たけど、そこでお話をしてるの。カイトおじさんが見えたから、『先に行ってもいい？』って聞いたら、『近くだからいいよ』って言われて、嬉しくって走ったの」

「ぼくもねーねと走ったの、すごいでしょう！」

「「二人でちゃんと来れてすごいね！」」

二人の可愛さに役員たちはメロメロとなり、おまけのジュースまで渡し、我先にと世話を焼いている。

気持ちは分かる、俺の姪っ子と甥っ子は最高に可愛くてお利口さんだからな。

「良かったな。アメリ、ヘンリー。ちゃんとお兄さんやお姉さんにありがとうを言うんだぞ」

俺がそう言うと、素直な二人は声を揃えてお礼を言う。

「「ありがとうー！」」

それを聞いた生徒会役員たちの可愛いと言う大合唱が起こっているとき、後ろから女性が話しかけてきた。

「子どもたちがお世話になりありがとうございます。あっ、それに弟のカイトがいつもお世話になっています。これは差し入れです、休憩時間にでもみなさんで召し上がってくださいね」

そう言いながら、メアリー姉上は近くにいる生徒に差し入れを渡す。

「お母さんだ！」

アメリたちは嬉しそうにそう言い、駆け寄る。

「うぉーーー！」

そして役員たちは、喜びの雄叫びを上げる。

みな待ちに待った伝説の女神の降臨に喜びを隠せない。

この場で、生徒会の評判を危惧しているのは俺だけだろう。

「あ、あのメアリー・サルーサさんですよね？　お会いできて光栄です！　私はあなたに憧れて生徒会に入りました。女性視点での斬新な改革を尊敬しています。私もメアリーさんのような素敵な女性になりたいんですが、どうすればいいですか？」

「俺はカイトの大親友のジャンです。卒業生の姉からメアリーさんがどんなにすごい人だったか聞いていました。だから今日会えるのを楽しみにしていたんです。良かったら学園に在籍していたときの話をしてくれませんか？」

「ふふふ、なんか照れてしまうわ。でもそんなふうに言ってくれてありがとう」

後輩からの矢継《やつ》ぎ早《ばや》な質問に嫌な顔を見せず、メアリー姉上はテキパキとにこやかに対応している。

それは優しい姉上の顔と違って、凛《りん》とした先輩の顔だった。

あんな姉上もかっこいいな。

その姿を見ていると、伝説の女神と言われるのも納得してしまう。

屋台に来店してくれたお客さんもメアリー姉上に気づくと、みな親しげに話しかけてくる。

「あらメアリーじゃないの、お腹もだいぶ大きくなったのね。そうだ、今朝《けさ》うちの八百屋にいい西瓜《すいか》が入ったのよ、一番大きくて甘いのを取っておくから買いに来てよ」

「いつもありがとう、お祭りの帰りに寄らせてもらおうかな。子どもたちも西瓜《すいか》が大好きだから喜ぶわ。たくさん買うから、おまけもよろしくね！」

気さくな会話は貴族だったことを全《まった》く感じさせない。気取ることなく、おまけまでお願いする逞《たくま》しさに少し驚く。

初めて間近で見る平民としての姉上の顔だった。

すっかり城下町に馴染んで、声をかけてくる人が途切れないことからも、メアリー姉上が慕われているのがよく分かる。

自分のことじゃないのに嬉しくて誇らしかった。

姉上と可愛いちびっこの相乗効果《そうじょうこうか》で屋台は異様な盛り上がりを見せる。

役員たちも女神に良いところを見せたいからか、姉上と話しつつもどんどん売り上げを増やしていく。

「姉上、立ったままじゃ大変ですから椅子にでも座って――」

椅子を指差しそう言いかけて、俺は冷たいオーラが漂っていることに気づいた。

ハッとして屋台の表を見ると、行き交う人の隙間から黙ったまま微笑《ほほえ》んでいる義兄上《あにうえ》がいた。

俺以外はまだ誰も気づいていない。

興奮している役員たちは、姉上を立たせたまま話し続けている。

まずい、まずいぞ……。

死人が出る前に止めないと。

最高の笑顔を浮かべながら義兄上《あにうえ》が近づいてくる。

「いやいや、今年の生徒会役員たちはみんな元気がいいね。その有り余った元気を正しく発散しよう。ほらこれって奉仕活動だろう、もっと積極的に取り組もうじゃないか。身重《みおも》の人妻に群がるよりやるべきことは山ほどある。気づいていないようだから、親切な俺が可愛い後輩たちに教えてあげよう」

義兄上《あにうえ》の全《まった》く崩れることがない笑顔が恐ろしい。

「はい、そこの君は通りに落ちているゴミを残らず拾おうか。残らずって意味分かるよね？　塵ひとつ残さないってことだよ。そこの君は重いものを運んでいるあそこのお婆さんの手伝いに行く。なあに簡単だよ、町のハズレにある家まで運ぶだけさ。まあその家は丘の上にあるから走れば、一時間くらいで戻ってこられるかな。若いって素晴らしいよね」

義兄上《あにうえ》は止まることなく、さらに話し続ける。

「そこの君は串焼きをもっと焼こうか。そうだな、あと五百本は休まず焼こう。売り上げが多いほど寄付ができるんだからね。ほら何してるの？　さっさと動く！　これは遊びじゃなくて生徒会の奉仕活動だろう……。まさか伝統を汚さないよね？」

底抜けに明るい口調だが、目が全然笑っていない。

……義兄上《あにうえ》、怖すぎます。

最初は何が起こっているか分からずポカーンとしていた役員たちだが、伝説の女神の対となる存在をすぐさま思い出す。

「もしや……あ、あれは裏伝説の魔王様……。ヒィッー！」

誰かのひと言でその場が凍りつく。

義兄上《あにうえ》も表向きは優秀な存在として語られていたが、生徒会では王族さえもあごで使う恐ろしい魔王として秘かに語り継がれていた。

絶対に刃向かってはいけない人。尊敬する危険人物として生徒会では認識されている。にこやかに微笑《ほほえ》む姉上と後ろに控《ひか》えている義兄上《あにうえ》に頭を下げ、みな蜘蛛《くも》の子を散らすように仕事場に戻っていく。

……本当に義兄上《あにうえ》は、メアリー姉上が絡むと大人気ない。

「あれ、みんなどうしたのかな？　これから遊んでもらいたかったのに……」

「ぼくも遊びたかったな……」

大人の事情なんて分からない二人は、いきなり周りが静かになって寂しがる。

「アメリ、ヘンリー、みんなやるべきことを思い出して忙しいんだよ。お父さんと一緒にお祭りを見て回ろう、楽しいぞ。そしてお母さんの好きなりんご飴も買ってこよう。……メアリーはここで少し休んでいて。君はお腹が大きいのだから、無理しないで」

子どもたちに向けた口調は優しい良き父で、姉上には砂糖のように甘い溺愛っぷりだ。

「カイト、メアリーを頼むぞ。くれぐれもゆっくり休ませてくれ」

最後に俺と生徒会役員に向けた口調は、魔王のようだった。

役員一同みな首振り人形と化して、首を縦にカクカク振っている。

いくら伝説の女神の登場にはしゃいでいたとはいえ、身重《みおも》の女性を立たせたままにしていたことを深く反省する。

「なんだかお姉さんたちおもしろいね！」

「おもしろいのー」

無邪気《むじゃき》に喜ぶ天使たち。

「そうだな、面白いな。二度目はないからな～」

笑いながら釘を刺す笑顔の義兄上《あにうえ》。

「「「はい!!」」」

俺と役員たちは首の皮一枚で命が繋がったことにホッとする。

アメリとヘンリーはなんのことか分からず、嬉しそうに笑っている。

その可愛らしい声でその場の空気が和んでいく。やはり二人は救いの天使たちで間違いなかった。

「お父さん、早く行こう。お母さんのりんご飴が売り切れちゃうよ。そしたらおなかの赤ちゃんも食べられなくなっちゃう！　えーんえーんっておなかで泣いていたら、かわいそう」

「おかーさん、待っててね！　ぼくが、おおきーの選んでくる！」

「二人ともありがとう。頼んだわね」

りんご飴を急いで買ってこようとする健気《けなげ》なアメリたちを優しく抱きしめる姉上の横顔は、子どもを愛しく思う母の顔だ。

「メアリー行ってくるよ。何か困ったことがあったら、カイトを好きなようにこき使って。絶対に無理はしないでくれ」

……文句はないです、義兄上《あにうえ》。

甘い口調で囁《ささや》く義兄上《あにうえ》はお腹を気遣いながら、そっと姉上を抱きしめ頬《ほほ》に口づけし、名残惜《なごりお》しそうに離れていく。

「さあ天使たち、行くぞ！」

そして慌《あわ》てる子どもたちの手をしっかり握り歩いていく。

彼らの楽しげな後ろ姿に手を振りながら、姉上は楽しそうに笑っている。

「メアリー姉上、無理をさせてしまいすみませんでした。お腹は大丈夫ですか？」

「無理なんてしていないから大丈夫よ。あれくらいどうってことないわ。私は動いていたほうが調子が良いから、気にしないでちょうだいね。ただエリックが心配性なだけよ」

笑いながら嬉しそうな表情で姉上はそう言う。

心配性なんて可愛いものではないと言いたいが言えない。

姉上に惚れまくっている義兄上《あにうえ》も大概だが、さらりと受け入れている姉上も同じくらい義兄上《あにうえ》を愛しているのを知っている。

まさに似た者夫婦だ。

「義兄上《あにうえ》は姉上のことを大切にしているから仕方がないです。本当に姉上は愛されていますね」

「もう、恥ずかしいこと言わないで」

そう言って姉上はとても嬉しそうな表情になる。

義兄《ぎけい》はいつでも『家族が何より大切だ』と公言し、有言実行している。

言葉も態度も惜しむことなど決してない。

だから姉上もアメリたちもこんなにも幸せなんだろう。

姉上が俺と一緒に暮らしていたときを思い出す。

あの頃は家族に囲まれ、不自由ない生活を送っていたのに、姉上は孤独だった。

だが今は、平民として幸せになっている。

姉上は自分の力で道を切り開《ひら》き、幸せという居場所を見つけた。

その姿は美しく輝き逞《たくま》しい。

俺には眩しくてたまらない。

姉上が幸せなのは分かっていたけれど、なぜか今日は一段と心に響く。

きっとひとりの平民女性メアリー・サルーサの姿が、すごく素敵で幸せに満ちているからだろう。

……姉上、今は幸せなんですね。

良かった、本当に良かったです。

不覚にも目が潤んでしまう。

そんな俺に気づき、姉上が心配そうに見つめていた。

「カイト、どうしたの？　大丈夫？」

この声音は以前と同じで優しいままだ。

幼かった俺は、姉上を優しいだけの人と愚かに考えていたときもあったが、今はその優しさが強さと表裏一体《ひょうりいったい》だと分かっている。

強いからこそ人に優しくなれるのだ。

人を幸せにできるのだ。

姉上は義兄上《あにうえ》とは違う意味で、強い人だと今は知っている。

「すみません、目にゴミが入っただけです」

姉上の幸せそうな姿に感動していたなんて、恥ずかしくて言えない。

俺はもう小さな子どもではない。

「カイトの表情が困っていないから、そういうことにしておいてあげる。でも本当に困っていたら容赦なく聞き出すわよ。あなたは私の大切な弟なんだから」

「はい、そのときは問答無用《もんどうむよう》でお願いします、姉上」

姉上は俺が誤魔化《ごまか》しているのは、お見通しなんだろう。

分かったうえで大丈夫だと判断して、それ以上聞いてこない。

それが姉上にとって俺は大切な弟という証のようで嬉しかった。

姉上の弟でいられて良かったと思う。

そして、俺も姉上のようになれるのだろうかとふと考える。

「……俺も夢を叶えることができるのかな」

姉上に問いかけたというよりは、独り言のつもりだった。

「もちろんよ。夢って叶えられるから夢なのよ。どんな人だって諦めずにいたら叶うもの、それが夢だと思うわ。カイトの夢が何かは知らないけれど、きっとあなたなら叶えられる」


姉上は俺の目を真っ直ぐ見て言い切った。

そこには偽《いつわ》りもお世辞もない。

自分の手で幸せになるという夢を掴んだ姉上の言葉だからこそ、信じられる。

俺の心を満たし温かくしてくれる。

……すごいや。姉上、あなたって人は周りも幸せにするんですね。

姉上のすごさに感動していると、いつの間にか戻ってきた義兄上《あにうえ》が俺の後ろでボソリと呟《つぶや》く。

「叶えなかったらただの妄想だ。それが嫌なら死ぬ気で妄想を叶えて夢にしろ。……妄想男で終わるなよ、カイト」

「……はい、義兄上《あにうえ》」

義兄上《あにうえ》の俺への愛のムチは相変わらず手厳しい。

姉上が作った感動の雰囲気は、一瞬で吹き飛んでしまった。

義兄上《あにうえ》はどんなときもブレたりしない。

だから尊敬している。

仲睦《なかむつ》まじい姉夫婦が俺の前で寄り添い、ちびっこたちもその足元でじゃれ合っている。

家族の揺るぎない絆を感じる。

いつか俺も姉上のように心から愛せる相手と結ばれ、こんなふうな家庭を持ちたい。

なれたら、いいいな。いつか夢を叶えよう、絶対に。

「姉上、俺もいつか本当の家族を作ります。見ていてください！」

夢を妄想で終わらせないために俺は宣言する。

姉上たちが、ちょっと驚いた顔でこちらを振り返る。そして、笑いながら言う。

「素敵な夢ね。でもカイトには本当の家族はいるわよ。正しくは『愛する人と新たな家族を作ります』ね。頑張ってカイト！」

「いや正しくは『絶賛片思い中の相手となんとか結婚したいです。ヘタレの妄想で終わらせません。メアリーの弟だから、やってみせます』だな。まあそれはどうでもいいが、ちゃんと目を開《あ》けて見ろ、カイトの目は節穴じゃないだろう」

えっ？　俺の家族って、まさか。

節穴じゃないって、そういう意味？

期待していいのだろうか……

「カイトおじさんはもう家族なのに、変なの。はい、りんご飴あげるね。おじさんはアメリの大切だから特別よ」

「ヘンリーもおじさん好きー。でも、飴は食べちゃった……我慢してね」

そう言って天使たちは俺に抱きつき、無邪気《むじゃき》に笑ってくれる。

前を見れば姉上も義兄上《あにうえ》も、俺に向かって手を伸ばしている。

本当に俺は幸せ者だ。この家族の一員でいられるのだから。

一歩前に出て幸せな家族の輪に俺も加わる。

姉上も義兄上《あにうえ》もアメリもヘンリーも温かく迎えてくれる。

姉上、あなたの弟でいられることは俺の誇りです。

書き下ろし番外編

どうかご縁がありますように……

「カイト、今日はありがとう。荷物が多くて疲れたでしょ?」

「……はい。あっ、違います、姉上。これくらい全然平気です。……はぁ……」

私──メアリーの目の前に座っているカイトの唇から、また溜息が零《こぼ》れる。わざとではなく無意識だろうけど、これで五回目。そのうえ、十分前からは空返事しか返ってこない。

こんな態度の彼は珍しい。

……たぶん、あれが原因よね。

憂いに満ちた表情を浮かべている弟を目に映しながら、私は苦笑する。

今日、私はカイトと一緒に少し離れた町まで来ていた。馴染みの仕立て屋に頼んでいたエリックの服が仕上がったと数日前に連絡があったので受け取りに来たのだ。

カイトは『その日なら非番だから一緒に行きますよ』と自ら荷物持ちを買って出てく

れた。

姉思いのよくできた弟である。

四年前に学園を卒業したカイトは、努力の甲斐《かい》あって騎士になった。厳しい上下関係に耐えられなくて辞める者も少なくないと聞くが、彼は弱音を吐くことなく頑張っている。

騎士寮で暮らしながら多忙な日々を送っているので、以前のように頻繁には会えない。でも、空《あ》いた時間を見つけては我が家に顔を出してくれていた。

アメリやヘンリーや末っ子のルイにとって、カイトは相変わらず大好きな叔父さんだ。服を受け取ったあとは私の買い物にも付き合ってくれて、今は二人で休憩していると ころだ。

ハーブティーが美味《おい》しいと評判のお店に入って和やかに話をしていたのだけど、義弟《ぎてい》であるアキトの婚約を伝えたあとから、こんな調子なのだ。

平民でも裕福《ゆうふく》な商人の子どもは、政略で婚約することも珍しくない。でも、サルーサ家は子どもたちに家の都合を押し付けることはない。

アキトは二歳年上の幼馴染みを真剣に想っていて、相手も同じ気持ちだった。両家の親に自分たちの意思を伝えて、婚約が結ばれたのだ。

カイトは我が家を通してエリックの弟妹《きょうだい》たちとも交流がある。だから、この婚約を聞いたときは喜んでくれていた。

でも、祝福の言葉には『お、おめでとうございます……』と動揺が表れていた。

七歳も年下のアキトに先を越された……と微妙な気持ちになっているのかもしれない。

カイトには真剣にお付き合いしている人がいる。

学園在学中に片思いしていた相手で、卒業後にお付き合いが始まったと聞いている。

そろそろ結婚の話が出てもおかしくないのではと思っているけれど、残念ながらそういう話はまだない。

「せっかくのハーブティーが冷めてしまうわよ。温かいうちのほうが香りを楽しめるとお店の人が言っていたでしょう?」

「えっ、ああ、そうですね」

カイトはカップを手に取り口に運ぶが、流し込んでいるといった感じで味わっているとは思えない。……もったいない。

「ローズマリーの香りが爽やかだわ。ね? カイト」

「ええ、そうですね」

私たちが飲んでいるのはカモミールだ。

うわの空だから？　それとも、感情で味覚が麻痺しているのかしら……

あえて指摘はせず、自然に話を続ける。

「幼馴染みと仲が良いのは知っていたけど、こんなに早くアキトが婚約を望むとは思っていなかったわ」

「ええ、本当に意外でした。年齢もそうですが、これほど行動力があるとは……」

カイトの声音からは驚きと羨望が感じられる。

十五歳のアキトは利発だが、どちらかというと物静かな青年だ。そんな彼を知っているからこそ驚いているのだろう。

私とエリックだって本人から報告を受けたときはびっくりした。もちろん、嬉しい驚きだったけど。

「すぐ近くに生涯をともにしたい人がいたのは、アキトにとって幸運だったわね。何より、あの若さでその幸運に気づけた二人がすごいわ。カイトは将来のこととか考えているの？」

余計なお世話かもしれないと思いながらも、話の流れをそちらに持っていく。やはり姉として気になってしまうから。もしカイトが嫌そうな顔をしたら話題を変えよう。

彼はカップを置いて姿勢を正す。

「結婚したいと思っています。だけど、具体的な話を彼女にしたことはありません。俺っていろいろありますから……」

「でも、あなたが勘当されたことは知っているのでしょ？　それでも、お付き合いが続いているのが答えなんじゃないかしら」

十年以上前の醜聞《しゅうぶん》をスパンシー伯爵家はまだ引きずっている。

盛り返すことも可能な年月が過ぎたけれど、当主夫妻である父と母が変わらないから難しいだろう。

だから、二年前、父は家の利益のためにカイトに政略結婚を強《し》いた。それを拒んだ結果、除籍こそされていないが、絶縁状態が続いているという。

「彼女には俺と実家との関係を正直に話しています。ただ、二年前の件に絡んだことだけで……」

カイトは気まずそうに口ごもる。

彼の恋人は学園の卒業生だ。卒業式での私の宣誓は語り継がれているらしいので、私が平民になったことも知っているだろう。もし不快に思っているならば、渦中の家の者であるカイトと付き合うことはしない。

そう思いながら、念のために尋ねる。

「わざわざ言わなくとも、私が平民になった経緯は知っているのでしょ？」

「はい、知っています」

「それについて、何か言われたの？」

「素晴らしいお姉様ね、と言ってくれていますよ」

その言葉に私は頬《ほほ》を緩める。自分が褒められたのが嬉しいのではない。告げるときのカイトの表情が、自慢の恋人なのだと言わんばかりだったからだ。

素晴らしい関係を築けているという証に、私は心を弾ませる。

それなら大丈夫ね、という意味で笑顔を返すと、彼は自嘲《じちょう》気味に笑った。その理由が分からなくて小首を傾《かし》げていると、彼は答えを口にする。

「彼女が知っているのは表向きの事実だけです。長年にわたって家族が――いえ、俺が姉上にどんな仕打ちをしていたかまでは知りません。……何度も話そうとしたんです。でも、事実を知った彼女が俺から離れていくのが怖くて言えないんです。はっは……は……、騎士のくせに情けないですねよ、俺って。ね？　姉上」

不自然なほど明るい声音だった。苦しい心の内を隠そうしているのだろう、無理に笑っても見せる。

そんな顔しないで……

私とカイトの間にわだかまりなど一切ないと断言できる。

しかし、真面目《まじめ》な弟は過去の自分をいまだに許せずにいるのだ。

生まれたときから当たり前だったことを疑うのは難しい。でも、彼は自分の力でスパンシー伯爵家の呪縛を振りほどき、私との絆を取り戻す道を選んでくれた。

その努力は並大抵のものではなかっただろう。

誇っていいのに……

カイトの苦しみに気づかず、無神経なことを尋ねた自分に腹が立つ。聞かなければ――いいえ、もっと早くに気づいてあげるべきだった。

「ごめんなさい、カイト。気づいてあげられなく――」

「尋ねてもらったからこそ、弱音が吐けました。姉上、ありがとうございます。そして、これは俺自身の問題ですから」

カイトは優しい口調で、でもきっぱりとそう告げる。

――その眼差《まなざ》しにあるのは揺るぎない意思。

これ以上余計なことを言うべきではないと分かっている。それでも、姉として思いを伝えるのは許してほしい。

「あの過去を引きずらないで。それに誰にだって過去はあって、すべてを伝えるなんて無理な話だわ。ね、そうでしょ？　あなたには今の自分自身を誇って生きてほしいの」

嘘を吐けと言っているわけではない。でも、すべてを伝えることが不可能なら、そのなかにあの過去を入れても神様は許してくれるはず。

……だって、あの環境に生まれたのは彼のせいではない。


「はい、姉上」

カイトは頷《うなず》きはしなかった。

たぶん、彼はすべてを包み隠さず話すのだろう。

幼い頃天真爛漫《てんしんらんまん》だった子は、誠実で真っ直ぐな青年に成長した。良い意味でも悪い意味でも、不器用な生き方しかできないのかもしれない。

でも、そんな弟を私は誇りに思う。


……任せよう、カイトに。

だって、この子はいろんなことを乗り越えてきたのだから。自分で考えて進める力がある。そして、どんな結果も受け止める強さを持っている。

「これからもずっと、あなたは私の自慢の弟よ。それだけは忘れないで」

「はい！　姉上に話せて良かったです」

カイトはカップに残っていたハーブティーを飲み干す。「あれ？　カモミールでしたね」と笑いながら。

その目にはもう羨望も迷いもなかった。前に進むと決めたのだろう。

弟にはもう姉である私の助けなんて必要ない。

そう思うと、嬉しくもあり少しだけ寂しくもある。鼻の奥がツンとするのを誤魔化《ごまか》すように、私もハーブティーを口にする。でも、カモミールの味はしなかった。

……今度は私の番のようだ。

ふと、以前エリックと交わした会話が思い出される。

『メアリー、そろそろ覚悟しておいたほうがいいかもな』

『覚悟ってなんのこと？』

聞き返すと、エリックは微笑《ほほえ》みながら私の耳元に口を寄せた。

『カイトはもう一人前だってことだよ』

『ふふ、今さら？　もうとっくに一人前だわ』

そう言う私を見ながら、彼は意味ありげな笑みを浮かべていた。

たぶん、彼はあのとき、私とカイトがこんなふうに話す未来が近いことを察していたのかもしれない。

過保護とは違うけれど、一旦は絆が切れてしまったからこそ、私の弟への思い入れは強い。自覚があるからこそ表には出さないようにしていた。

でも、エリックは分かっていたのだろう。だから、『弟離れしなければならない日がくる』とやんわり教えてくれていたのだと気づく。

本当に彼には敵わないな、と思いながら笑みを零《こぼ》す。

「姉上。帰る前に寄りたい所があるんですが、いいですか？」

「ええ、もちろんよ」

店を出たあとに二人で向かった場所は花屋だった。色とりどりの花が所狭しと並べてあるなか、カイトは迷うことなく真っ赤な薔薇《ばら》の花束を買い求めた。

その花言葉は『あなたを愛してます』だ。

エリックに教えてもらったのだろうか。あとで聞いてみよう。

きっと『ん？　教えたつもりはないけど、俺の独り言を偶然聞いたのかもな』と嬉しそうに言う気がする。だって、エリックだから。

カイトは夕方恋人と会う予定があると言っていたから、これを持っていくのだろう。

彼が跪《ひざまず》いて求婚する姿を想像すると、私までドキドキしてくる。彼女は受け取ってくれるだろうか。

あっ、疑問形なんて縁起が悪いわ。

絶対に受け取ってくれるはずと、慌《あわ》てて心のなかで言い直す。

「さあ、急いで帰りましょう。花が萎《しお》れたら大変だわ」

私に背中を押されたカイトは、荷物と大きな花束を片手で軽々と持ちながら、乗合馬車の停留所へと足早に向かう。

「姉上、速すぎませんか？」

「毎日子どもたちを追いかけているのだから平気よ」

カイトは急ぎながらも、何度も振り返る。

遥か昔、屋敷の中庭で私は小さな背中を追いかけたことがあった。

『メアリー姉さま、遅いよ。もっと速く！』

『はいはい、カイト』

『あっ、だめ！　ぼくを捕まえないでー』

幼い弟は何度も後ろを見ていた、全力で走りながら。追いつかれないかと気にしていたのだ。

でも、今は私のことを案じて振り返っている。もし私が転びそうになったら、すぐにその手を差し伸べられる距離を保っているのだと分かる。

――逞《たくま》しい背中にあの頃の面影はない。

いつの間にこんなに立派になったのか。大切な人を守り切ることができる大きな背中を見ながら、気づかれないように目尻に溜まった涙を人差し指で拭う。

もうこの背中を押す言葉は必要ない。だから、心のなかでそっと祈る。

どうかご縁がありますように……

本書は、2022年4月当社より単行本として刊行されたものに書き下ろしを加えて文庫化したものです。


この作品に対する皆様のご意見・ご感想をお待ちしております。

おハガキ・お手紙は以下の宛先にお送りください。

【宛先】

〒150-6019 東京都渋谷区恵比寿4-20-3 恵比寿ｶﾞｰﾃﾞﾝﾌﾟﾚｲｽﾀﾜｰ 19F
（株）アルファポリス　書籍感想係

メールフォームでのご意見・ご感想は右のＱＲコードから、
あるいは以下のワードで検索をかけてください。

アルファポリス　書籍の感想　検索

ご感想はこちらから

レジーナ文庫

婚約者《こんやくしゃ》を奪《うば》われた伯爵令嬢《はくしゃくれいじょう》、そろそろ好《す》きに生《い》きてみようと思《おも》います

矢《や》野《の》りと

2025年1月20日初版発行

文庫編集ー斧木悠子・森 順子
編集長ー倉持真理
発行者ー梶本雄介
発行所ー株式会社アルファポリス
〒150-6019 東京都渋谷区恵比寿4-20-3 恵比寿ｶﾞｰﾃﾞﾝﾌﾟﾚｲｽﾀﾜｰ19階
TEL 03-6277-1601（営業）　03-6277-1602（編集）
URL https://www.alphapolis.co.jp/
発売元ー株式会社星雲社（共同出版社・流通責任出版社）
〒112-0005 東京都文京区水道1-3-30
TEL 03-3868-3275
装丁・本文イラストー桜花舞
装丁デザインーAFTERGLOW
（レーベルフォーマットデザインーansyyqdesign）
印刷ー中央精版印刷株式会社

価格はカバーに表示されてあります。

落丁乱丁の場合はアルファポリスまでご連絡ください。

送料は小社負担でお取り替えします。


ISBN978-4-434-35132-7 C0193